100個傳家故事

海底城市

施養慧、林玫伶、傅林統、黃文輝、鄭丞鈞
夏婉雲、鄒敦怜、王洛夫、許榮哲　等｜合著
KIDSLAND 兒童島｜繪

序一

閱讀與美德培養

張子樟　青少年文學閱讀推廣人

細讀當代臺灣兒童文學名家撰寫的這些「傳家故事」，令人想起二十世紀九十年代初，美國雷根時代的教育部長班奈特（William J. Bennett）編選的《美德書》（*The Book of Virtues: A Treasury of Great Moral Stories*）一書。這位教育學者竭盡全力，從世界經典名著中，蒐集能讓讀者產生勵志作用，從而展現和培養珍貴恆久的美德的故事。

為什麼班奈特要賣力的去做這件辛苦工作？因為他發現，現代父母教育子女的方式有些偏差現象，只重視子女未來的成就，因此教養重心幾乎全放在教導子女如何在學業、運動場上或職業場上與他人競爭，把子女的成就放在一切之上，卻不管（或忽略）孩子的禮儀或品德。

在班奈特看來，父母只教育子女追求私益，而忽略了道德教育，會使得子女未來必須處在一個更不安全、更不幸福的社會中求生存。身為教育家，他特別重視品德教育，開始從世界經典名著中，蒐集能讓讀者產生勵志作用，從而展現及培養珍貴恆久的美德的故事。《美德書》全書分為十大主題：自律、憐憫、責任、友誼、工作、勇氣、毅力、誠實、忠誠、信仰。

所謂美德，見仁見智，只要是正向的都是。前臺灣大學精神科醫師宋維村在為《漢聲精選世界成長文學》系列撰寫的序文中，提到少年人格成長的必備十大品德：勇氣、正義、愛心、道德、倫理、友誼、自律、奮鬥、責任、合作。對照之下，他的說法與班奈特的重疊頗多，足以證明中外學者都想藉由文學作品，做為品德教育的輔助，在潛移默化中，提升讀者的品格。

《100個傳家故事》每篇作品的篇幅雖不長，卻都隱含前面提到的一種以上的美德，非常適合親子閱讀。父母應該與子女一起共讀這些好故事，並且鼓勵孩子說說他們細讀後的感受。父母要謙卑細聽孩子的一言一語，千萬不要插嘴中斷孩子的想法，然後再回頭詳細剖析故事的內涵；在不動聲色的討論中，潛移默化的功能會發揮無遺，影響孩子一生的處世待人方式。

如果不想讓孩子成為二〇〇七年諾貝爾文學獎得主英國女作家萊辛（Doris Lessing, 1919-2013）口中的「受過教育的野蠻人」（the Educated Barbarians），鼓勵孩子大量閱讀這類名家書寫的優秀作品，是不二法門。

序二

好故事，是傳家寶

馮季眉
字畝文化社長兼總編輯

不久前，字畝文化邀請了四十位優秀的臺灣兒童文學作家，共同採集聽過或讀過、印象深刻的好故事，將這些故事以當代的語言改寫重述，提煉濃縮為八百字的短篇，讓好故事繼續流傳。

故事的篇幅設定為每篇八百字左右，這長度正適合兒童利用零碎時間閱讀，隨時隨地都能享受閱讀的樂趣。而閱讀或講述一篇八百字故事，約需五分鐘，因此也很適合親子共讀、床邊故事、校園晨讀，或是做為說故事及朗讀的素材。故事取材沒有設限，一本故事裡，可以讀到童話、寓言、神話、民間故事等不同的文類，故事來源則涵蓋古今中外的兒童文學名著、未經書寫的口傳故事，可以帶領小讀者穿越時空、出入古今。這種閱讀體驗，相對於閱讀一本單一主題的書，更富變化也更新鮮有趣。這就是第一套「最新八百字故事」：《111個最難忘的故事》的誕生過程。

這個編輯企畫，透過不同世代的作家，進行故事採集。採集而來的故事，既多樣化又十分精采好看。有位媽媽讀者說，這套故事喚醒她的童年閱讀記憶，忍不住和孩子搶著看，重溫故事帶來的快樂。有位爸爸驚喜的說，在這套書裡找到「失聯已久的老朋友」，因為其中有許多故事是他童年的良伴。還有家長告訴我們，他們很高興孩子有機會讀到爸媽小時候讀過的故事，孩子們讀得津津有味，故事成了世代間交流的觸媒。

「最新八百字故事」企畫之初，就設定這是可以長期進行的書系，因此，再接再厲推出第二套「最新八百字故事」，以「傳家故事」為主題，邀請最會講故事的作者群，再度聯手為小讀者獻上《100個傳家故事》。

何謂「傳家故事」？就是適合說給孩子、孫子聽的故事，值得推薦給下一代的故事。這些故事，蘊含了我們深信是孩子們需要學習、應該擁有的特質，如：生活的智慧、危機處理的機智，幽默、樂觀、寬容、愛心、樸實、尊重、勇敢等特質，以及幻想、冒險、探索等能力。如

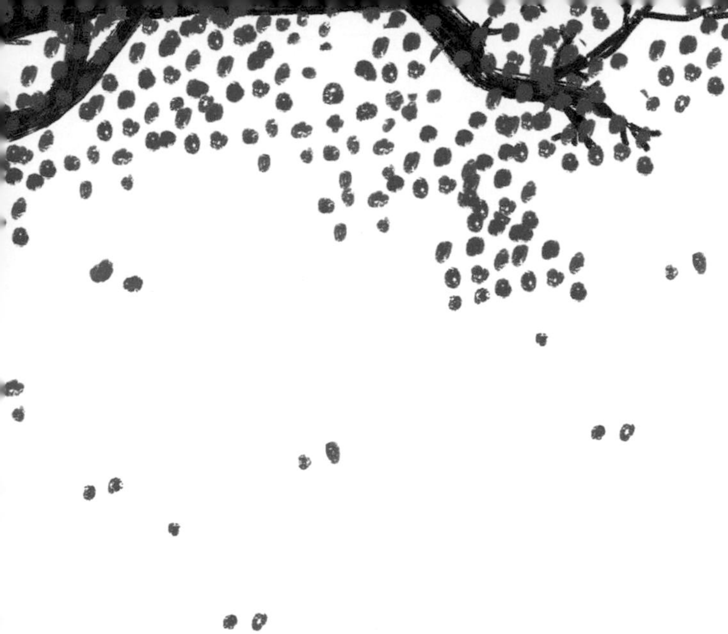

果你想給孩子一樣傳家寶，就給他這套故事吧，孩子從中萃取的智慧與品德，才是真正的傳家寶。

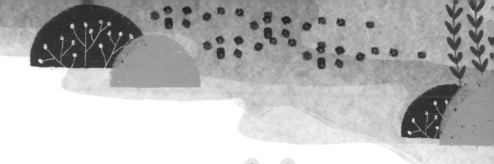

目錄

序一	閱讀與美德培養	張子樟	2
序二	好故事，是傳家寶	馮季眉	6
	海底城市	施養慧	14
	阿基米德與浮力定律	林玫伶	21
	魔鏡和牧羊女	傅林統	27
	狐狸遇到鬼	黃文輝	35

月亮裡的兔子　鄭丞鈞　42
膽識過人的李清照　夏婉雲　49
象牙筷子　鄒敦怜　55
西雅圖酋長的話　王洛夫　62
朱元璋封神「玄天上帝」　許榮哲　69
日月潭的傳說　洪淑苓　76
化身博士　管家琪　82

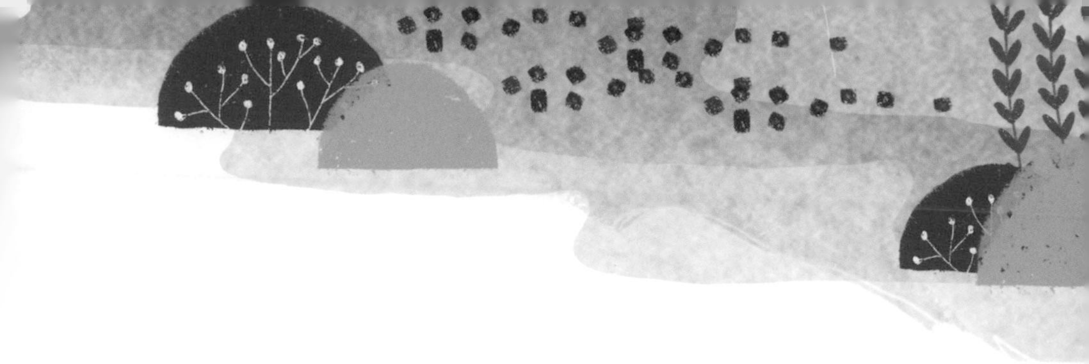

午餐　王文華　88
黏蟬　湯芝萱　95
馬頭琴　劉思源　102
晏子使楚　岑澎維　109
季札掛劍　謝鴻文　115
諸葛亮的饅頭　黃秋芳　122
用寬容的心傾聽　徐國能　128

兩匹馬 陳素宜 135
柳林中溫暖的家 羅吉希 142
不輸給風雨 周姚萍 148
改變歷史的一次偶然 陳啓淦 156
最好的廚師 陳木城 163
等候兔子來撞樹 林武憲 169
非洲猿人去打獵 陳昇群 175

海底城市

施養慧

·改寫自賽爾瑪·拉格洛芙（瑞典）《騎鵝歷險記》

男孩尼爾斯得罪了矮人，被變成拇指大的小人兒後，騎著家鵝，隨著雁鵝去旅行。

在一個滿月的夜晚，雁鵝都睡了，尼爾斯的老朋友白鸛埃先生來訪，他悄悄的對尼爾斯說：「走！我們去夜遊。」

皎潔的夜空中出現了他們倆的剪影，過了片刻，埃先生降落在一處銀色沙灘上，說：「我休息一下。」

尼爾斯四處閒晃，突然「唉唷」一聲，低頭一看，「生鏽的硬幣！哼！」便隨手扔了它。

一個轉身，「咦？」海面上竟然有座城市，他循著月光進城，「雕像、噴泉，多麼雄偉的教堂啊！這些人穿得好華麗，這到底是哪裡呀？」

「叮、叮、鏘……」

「有人在打鐵！」尼爾斯奔向打鐵鋪，兩眼發亮的盯著鐵匠與四散的火花，心臟隨著打鐵聲用力的跳著。

一個月的野外生活，著實讓他嘗盡了苦頭。飛在高空時，迎面而

來的冷風，颳得他臉頰發疼；下雨又淋得他牙齒打顫；睡覺時，不但沒有棉被，還得提防肉食動物偷襲；餓了也只能吞野果、吃生魚。

這時他才知道，有個遮風避雨的家，有疼愛自己的雙親，有熱呼呼的食物，是多麼可貴。更別提逛市集這種有趣的活動了，現在他連作夢都不敢想。

「好香的麵包啊……這麼多糖果……」尼爾斯興奮的在大街小巷奔

跑，直到兩腿發軟，才放慢腳步。

突然，有人看到他了，附近的攤商全部圍攏過來，向他推銷產品。有個和藹可親的胖老闆，拿出辦家家酒用的小木鞋，輕輕的放到他的腳前。

尼爾斯的鞋子早就磨破了，他害羞的把突出的右腳拇指藏起來。

胖老闆笑著表示，只要一枚很小的錢幣，就可以帶走木鞋，再外加一件小背心。

尼爾斯忙著掏口袋，大家熱切的注視著他，當他連一毛都掏不出時，那些大人竟然都哭了，

哭得傷心欲絕。

「等我！」尼爾斯轉身衝向沙灘……

「有了！」當他拾起那枚生鏽的硬幣，剛才的城市卻不見了。

「看來傳說是真的。」埃先生踱過來，說：「傳說中，維耐塔人太過奢侈，被天神處罰沉入海底。一百年才能升上來一次，如果在一小時內，能把東西賣給外人，他們就可以離開海底了。」

尼爾斯想起那些哭泣的大人，忍不住嗚嗚的哭了起來……

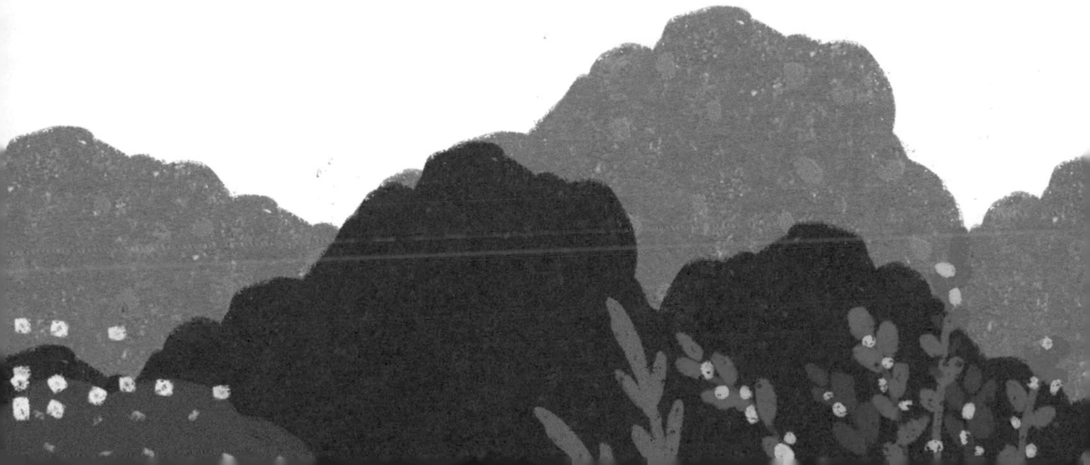

傳家小語

這故事改寫自瑞典童話《騎鵝歷險記》（作者拉格洛芙是諾貝爾文學獎第一位女性得主），談的是「錯過」。

人生總有錯過的時候，與好事失之交臂，我們會感到惋惜；但錯過一樁可怕的意外，則會感到慶幸。

無論錯過好事或壞事，過了就過了，人生無法回頭，只能繼續向前。

故事傳承人

施養慧，臺東大學兒童文學研究所畢業。致力於童話創作，因為童話是最浪漫的一種文類，不僅讓凡人上山下海，也讓人間成了有情世界。曾獲臺東大學兒童文學獎，已出版《傑克，這真是太神奇了》、《好骨怪成妖記》、《338號養寵物》、《小青》等書。

衷心認為，兒童是國家的希望，也是最純真的人類，可以為他們寫作，是莫大的幸福與榮耀，希望一輩子寫下去。

阿基米德與浮力定律

林玫伶 · 改寫自民間故事

西元前兩百多年以前，希臘有位敘拉古城國王，命令工匠為他做一頂皇冠。這頂皇冠要純金打造，國王給了工匠足夠的黃金，做好以後的皇冠耀眼奪目，稱稱皇冠的重量，也跟當初國王提供的黃金一樣重，但是國王仍然疑心：「這皇冠會不會摻了其他成分，例如比較便宜的銀？」

到底皇冠是不是純金的呢？

眾多大臣想破頭，也不知如何證明皇冠真假，國王於是找上當時有名的科學家阿基米德，將這個難題交給他，並且規定「不能破壞皇冠」。

阿基米德出生在敘拉古城，父親是天文學家和數學家，從小在家庭的薰陶下，對數學特別有興趣。小時候，父親就把他帶到亞歷山大求學，跟當時許多科學家往來，相互切磋，為他打下深厚的科學研究基礎。阿基米德後來回到家鄉，受到國王的禮遇與器重，常常出入宮廷，和大臣討論國事或研究學問。

阿基米德接到國王給他的任務，煩惱了好幾天。他吃不下也睡不著，來回踱步，百思不得其解，不知如何在不破壞皇冠的情況下，又能知道皇冠是不是純金的。

有一天，阿基米德用浴缸泡澡，他留意到當他一坐進浴缸，水位就上升，身體也感到一股從水裡托上來的力量；上升的水量就是他坐進浴缸的身體體積。瞬時，他悟出一個道理：重量相同、質料不同的物體，因為體積不同，放進水中時，排出去的水必定不相同。他可以用這個概念，來鑑定皇冠是不是純金打造的！

他一領悟到這個道理，立刻高興得從浴缸跳出來，連衣服都顧不得穿，大叫著：「尤里卡！尤里卡！」意思是：「有了！有了！」「發現了！發現了！」

之後，他帶著皇冠來到國王面前，告訴國王：「這皇冠不純，摻了其他成分。」國王和大臣都很訝異，等他說清楚。

阿基米德把皇冠和相同重量的金塊分別放入水中，結果，放入皇冠時，上升的水位比放入金塊時的水位高，代表皇冠必定摻了其他成分。

一個簡單的實驗，拆穿了工匠動的手腳，證實工匠私吞金子摻入銀，也讓大家對阿基米德更加佩服。後來，他進一步從中發現浮力定律，這個定律便被稱為「阿基米德定律」；連他赤身跑出浴缸大喊的第一句名言「尤里卡」，也名列最有名的希臘語呢！

傳家小語

小時聽到這個故事，想像阿基米德忘了自己還光著身體，就興奮的衝出來的模樣，忍不住哈哈大笑。這故事真有畫面啊！慢慢的，在莞爾科學家的糗事之餘，打從心底讚嘆，這畫面即使是出糗，也散發著科學家全心投入、迷人的光芒。

故事傳承人

林玫伶，臺北市國語實驗國民小學校長、兒童文學作家。著有多部校園暢銷作品並獲獎，包括《小耳》（臺灣省兒童文學創作童話首獎）、《我家開戲院》（好書大家讀年度最佳少年兒童讀物獎）、《招牌張的七十歲生日》（入圍金鼎獎）、《笑傲班級》、《小一你好》、《童話可以這樣看》、《閱讀策略可以輕鬆玩》、《經典課文教你寫作》等十餘部作品。

魔鏡和牧羊女

傅林統
・改寫自民間故事

從前有位勤政愛民的好國王，年輕英俊卻一直是單身，全國百姓無不熱切盼望他早日成親。

每天進宮為國王服務的理髮師透露：「只要人品好，不問貴族、平民、村姑、農家女，國王都願選為王后。可是要先通過初選，就是照一照我家的魔鏡。」

「你家有魔鏡？」

「是的，是我家的千年祕藏。不管誰照了魔鏡，深藏內心的邪念，都無法遁形。」

原本每一家的父母都希望自己的女兒可以入選，可是因為要通過照魔鏡這一關，始終沒人敢出來參加初選。

理髮師眼看國王悶悶不樂，就說：「國王啊！不如讓我到鄉下和山野尋找，一定有天真無邪、不怕照魔鏡的少女。」

「有自信、不怕照魔鏡的女孩，是無價之寶啊！你立刻出發，去找我心目中理想的少女吧！縱使是貧窮的牧羊女，我也願意讓她當王后。」

理髮師踏上旅途，每到一個村莊，就打聽是否有純潔善良的少女。他踏破鐵鞋，來到了一個偏僻的山村，這兒的人都說，瑪麗亞是天生麗質的好女孩，她正在山上牧羊。

理髮師爬過崎嶇的幽徑，走過茂密的森林，終於看見遠處青翠的草地上，羊兒在吃草；羊群旁邊的岩石上，坐著牧羊少女。

少女衣著樸素，但很優雅，梳理整齊的長髮垂到腰際，當她的視線朝向這兒的時候，理髮師發現那是多麼

清澈、無憂無慮的眼神！

理髮師又疲憊又飢渴，牧羊女把所有的麵包和奶油全給了他，又舀取泉水給他喝。恢復體力的理髮師，把自己的任務說給牧羊女聽。

起初牧羊女以為這個人在開玩笑，雖然答應照照魔鏡，卻不解的問：「國王為什麼會願意娶貧苦人家的女孩呢？」

經過一番交談，牧羊女終於了解，國王喜愛的王后，要像陽光那樣明朗，像露珠那樣晶瑩，像黃金那樣高雅，但前提是，一定不能失

去人類本來面目的純潔善良。

牧羊女來到王宮了，國王親切的迎接，愈看愈喜歡她。

國王帶著牧羊女，踏進放置魔鏡的大廳堂。當少女一步一步靠近魔鏡時，旁邊的人紛紛避開，唯恐自己內心壞的一面被鏡子映照出來。

不一會兒，牧羊女美麗高雅的姿態映在鏡中，清晰得一點兒瑕疵都沒有。國王莊嚴的宣布，牧羊女將是這個國家的王后。

盛大的婚禮後，魔鏡搬回理髮師家裡，許多少女好奇的來要求照照魔鏡，理髮師卻說：「國王結婚了，魔鏡的魔力自然消失了！」

不過，有些人聽了理髮師的說詞，卻懷疑這面鏡子，根本就沒有什麼魔力，只是一般的鏡子而已。

傳家小語

國王選后不易，外貌易辨，心地難測，理髮師獻上妙計，終於解決難題。

故事除了強調單純善良的赤子心，以及不受汙染的可貴外，也啟發觀照人心的智慧，難怪「魔鏡故事」風行世界。

故事傳承人

傳林統，擔任國小教職工作四十六年。一向喜歡給兒童說故事、寫故事、帶領閱讀，學生和家長暱稱他「愛說故事的校長」。退休後，仍為地方培訓「說故事媽媽」和「兒童閱讀帶領人」，並示範說故事技巧，升級為「愛說故事的爺爺」。

著有《傳林統童話》、《偵探班出擊》、《神風機場》、《田家兒女》、《真的！假的？魔法國》、《兒童文學的思想與技巧》、《兒童文學風向儀》等作品。

狐狸遇到鬼

黃文輝 ‧改寫自民間故事

很久以前，有一支針住在一個針線盒裡，他覺得日子很無聊，就從針線盒裡跳出來。

針往郊外一路跳去，經過田野的時候大叫：「視野好開闊啊！」

一隻狗跑過來問針要去哪裡？針回答：「我要去看世界。」狗說：「我也要去。」

他們一起前進，經過河流的時候大喊：「河水好清澈啊！」一隻龍蝦爬出來問他們要去哪裡？他們回答：「我們要去看世界。」龍蝦說：「我也要去。」

他們三個繼續向前，經過一座樹林的時候大呼：「樹木好美啊！」地上有一個鳥巢，鳥巢裡的一顆蛋問他們要去哪裡？他們回答：「我們要去看世界。」蛋說：「我也要去。」於是，蛋用滾的跟著走。

他們四個走過農場的時候讚嘆說：「農舍好可愛喔！」一隻公雞問他們要去哪裡？他們回答：「我們要去看世界。」公雞說：「我也要去。」

他們五個一路唱歌、聊天，開開心心的走進森林。天色慢慢變暗，他們也覺得累了，不久，看到一間木屋，他們就進去了，各自找地方睡覺。針睡在一條毛巾上，蛋睡在火爐旁邊，龍蝦睡在水盆裡，公雞睡在屋外的樹上，狗睡在屋簷下。

月亮升到半空中，三隻壞狐狸朝屋子走來，他們是木屋的主人。他們一面走一面聊天。「今天偷的蛋真美味。」「我抓的雞也很好吃。」「河裡的龍蝦嘗起來很鮮美。」

公雞被他們的聲音吵醒，立刻咕咕咕大叫發出警告。三隻狐狸看看彼此，對於家門前有公雞的叫聲感到很迷惑，不過還是繼續朝大門走去，想快點進屋裡睡覺。

狗看到他們，露出尖牙對他們汪汪大叫。三隻狐狸驚慌的說：

「哪來的狗？」「好像很兇？」「會咬我們嗎？」嚇得趕緊爬窗戶逃進屋裡去。

「還是家裡安全、溫暖。」三隻狐狸一面說一面走到火爐旁想要烤火，蛋機靈的朝他們吹氣，揚起的灰燼弄得他們全身都是灰。三隻狐狸大叫：「我看不到了。」「我眼睛瞎了。」「我身上都是灰。」

他們跑去水盆旁要洗手洗臉，可是手一伸進水裡，就被龍蝦用力夾了好幾下。三隻狐狸大喊：「我的手好痛。」「我的指頭斷了。」「水裡有妖怪。」

他們跑去拿毛巾擦手時，又被針狠狠刺了幾

下，痛得蹦蹦亂跳。三隻狐狸呼喊：「我們家鬧鬼了！」「我們家有好多鬼！」「快逃命呀！」三隻狐狸像風一樣逃走了。

五個夥伴鬆了一口氣，告訴彼此：「我們同心協力趕跑狐狸，也已經看過這個美麗的世界，我們以後就住在這裏吧！」

他們幸福快樂的生活在一起，怕鬼的狐狸也不敢再回來。

傳家小語

狡猾的強者如狐狸，卻被聰明的弱者如蛋和針打敗，這樣的故事總能讓讀者會心一笑、感到振奮。即使是居於劣勢、弱小的一方，若能同心協力、運用智慧、發揮各自的長處，也是有機會翻轉劣勢的。

故事傳承人

黃文輝，臺灣大學機械工程研究所碩士與英國納比爾大學管理學院碩士。曾在新竹科學園區擔任工程師與經理等職務。已出版《東山虎姑婆》、《第一名也瘋狂》、《候鳥的鐘聲》、《鴨子敲門》等著作。

曾獲好書大家讀年度最佳少年兒童讀物獎。旅居英國和紐西蘭近十年，目前定居臺灣花蓮，從事兒童文學創作與偏遠地區兒童閱讀推廣。

月亮裡的兔子

鄭丞鈞
·改寫自印度神話

有一隻兔子，他和猴子、狐狸一起住在森林裡的小屋子。

有一天，一位可憐的老人來敲門，這位老人又餓又病，他希望兔子、猴子和狐狸能幫幫他，讓他暫時住下來，並給他一些東西吃。

三隻善良的動物馬上答應了，並且趕緊外出找食物。

猴子身手敏捷，他爬到樹上，摘了很多果子回來。狐狸頭腦聰明，也從河裡抓了一些魚回家。兔子既不能爬樹，也不敢到河邊，他在森林裡找呀找、翻呀翻，忙了老半天，什麼都沒找到，只好空手而回。

「沒關係的。」猴子和狐狸安慰他。

「謝謝你。」老人也發出虛弱的聲音謝謝他。

第二天，兔子、猴子和狐狸又出去找食物。猴子和狐狸都能順利找到吃的，就只有兔子，還是什麼都沒帶回來。兔子心裡很難過，只能期望明天能更順利。

第三天，兔子一大早就出門，他找完這座山後，又去找另一座山，一直忙到夕陽西下，森林都漆黑一片才回去。可是，他還是一樣兩手空空。

兔子心裡沉甸甸的，像塞滿了鉛塊一樣。他來到小屋子外，聽到狐狸和猴子正在談論不知道兔子會帶什麼東西回來，因為他們兩個今天運氣不好，什麼都沒找到，不僅自己沒有東西吃，也沒辦法幫助那位又病又弱的老人。

「我們一天不吃沒關係，只是這位老人家，他需要食物補充體力呀。」狐狸說。

「希望今天兔子能找到一些吃的回來。」猴子說。

聽到這裡，兔子更是難過到了極點，正不知該如

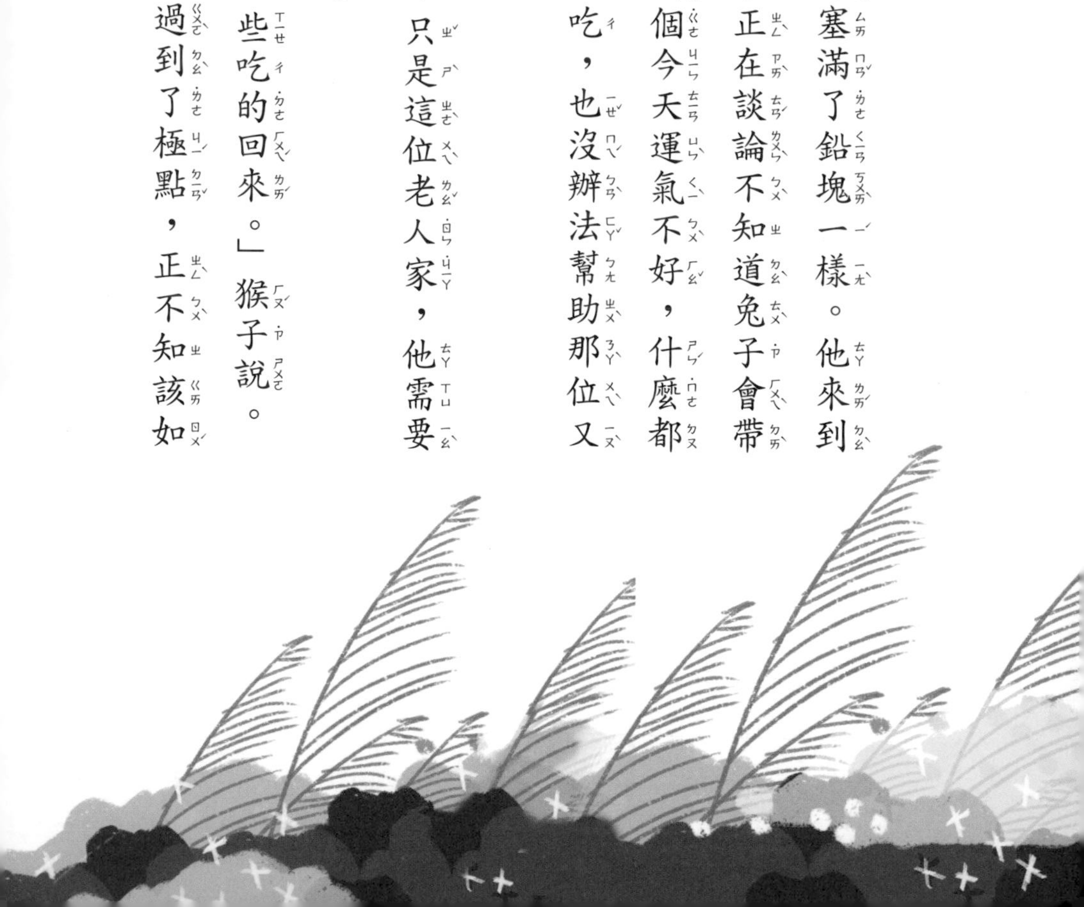

何是好時，他突然想到一個主意。

他扯開嗓子，對屋裡的猴子和狐狸說：「食物就要來了，你們快升起火堆，我需要將它熱一熱！」

過了一會兒，兔子又對屋裡的猴子和狐狸大喊：

「食物來了，快幫我把門打開！」

門一開，屋裡的火燒得正旺，兔子想都沒想，直接往火裡跳。

原來兔子犧牲自己成為食物，好讓老人能吃個飽。

老人看到這一幕，嘴裡發出驚呼，伸出雙手，將兔子從火裡抱出來。

原來這老人是天帝，他感動的說：「兔子為了幫助別人而犧牲自己，他的這分心，應該讓全天下的人看見。」

天帝於是將兔子送上月亮，從此以後，人們只要一看到滿月裡的兔子，就會想到兔子的助人精神。

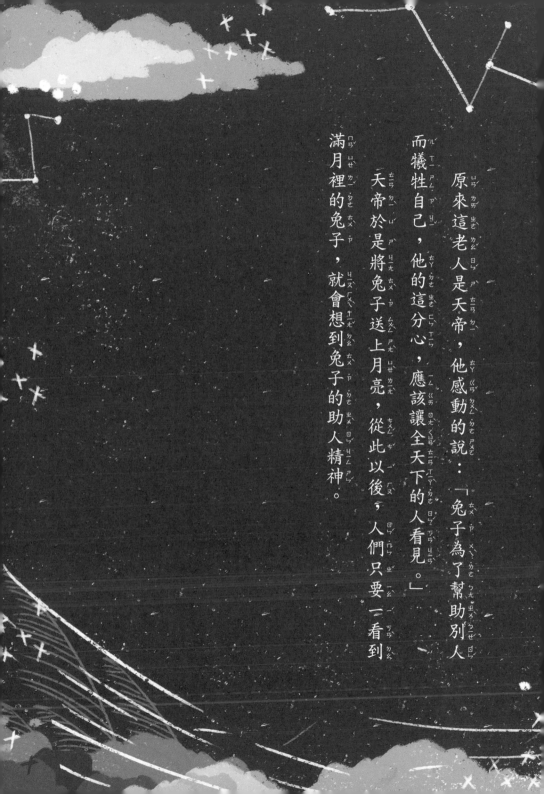

傳家小語

有人說這個故事來自佛經，故事的重點在於助人。故事中的猴子、狐狸和兔子，都盡心盡力的幫助孤苦無依的老人家，雖然他們擁有的並不多，但都有那分心意，而且努力去做。這故事有如寧靜夜晚的月亮，給人溫馨、祥和的感覺。

故事傳承人

鄭丞鈞，臺大歷史系畢業，臺東師院兒童文學研究所碩士。曾任兒童雜誌編輯，現為國小教師。作品曾獲臺灣省兒童文學獎、九歌現代少兒文學獎、牧笛獎等獎項；已出版《妹妹的新丁粄》、《帶著阿公走》等書。因為從小就喜歡看故事，激發了很多的想像，所以長大後很努力的寫故事給小朋友看。

膽識過人的李清照

夏婉雲
・改寫自《李清照集》

宋朝女詞人李清照，不但會作詩填詞，還很勇敢。

她的先生趙明誠喜愛收藏古物、書畫，夫妻興趣相投，感情很好。無奈結婚二十六年了，政局一直動盪不安。

欽宗靖康元年，金兵即將侵犯京城了。明誠在山東做知府，兩夫婦面對著滿箱滿篋的書籍、文物，依依不捨；他們知道，戰亂中，這些東西都會流失。

靖康二年，金兵攻破京城，擄走了皇帝。北宋滅亡，朝廷和百姓只好躲避到南方。不幸的是，明誠的母親在這個節骨眼上過世，三月份，明誠要趕去南方的江寧奔喪。古代父母過世，兒子必須辭官住在墓旁守喪三年，才是孝道。臨行前，清照說：「朝廷勢必

遷都，全部官員都會南下，管轄區只剩長江流域以南。金兵南下的速度愈來愈快，敵人攻來，會毀了我們收藏的所有書籍、文物，只有早日南下才安全。」

「我在江寧要待三年，我先南下江寧，你再帶著書籍、文物前來和我會合。」明誠又擔心的說：「你一個弱女子，帶著大隊人馬，一路要經過好幾個省，路上出事怎麼辦？」

清照倒是豪氣萬千的說：「沒問題的。」

明誠先走，留下清照和管家篩揀裝箱。雖然已經丟了很多東西，但是留下來的文物、書畫，還是有上百箱，一共裝了十五車。

清照和十五車家當，從山東南下江蘇東海，再棄車改走水路；先用連環船渡過淮河，再接到長江，渡河南下到建康、江寧，這真是一趟漫長的路程。

好不容易到了鎮江，清照想：「江寧在望，這途中還好人車都平安。」想不到一進鎮江府，就聽到叫喊聲：「亂軍來了！亂軍來了！」

街上亂成一團，居民奔走呼號，逃的逃、走的走。清照攔住一個壯年人，問：「亂軍是什麼人？守城的知府呢？」

「大娘！亂軍張遇攻進城門來了，守城的錢伯言已經棄城逃走了。我勸你也趕緊逃吧！」

清照來不及逃離，亂軍已經追來，最後幾車文物都被亂軍搶奪。

當她帶著大隊車馬到了江寧，見到明誠，真是恍若隔世。

明誠看到運送珍貴文物的人馬安然來到眼前，激動的拉著清照的手，看著她說：「勇氣可嘉啊！娘子，你瘦了一大圈了。」

傳家小語

古代女子足不出戶，都在家中做女紅、做家事，不用上班賺錢。李清照卻不是普通的女子，這一趟南遷之旅，證明她不但飽讀詩書，而且膽識過人，不是養在深閨、不知民間疾苦的人。李清照在生活中、在文學上，都勇於突破傳統與時代對她的限制，成為歷史留名的女性。

故事傳承人

夏婉雲，淡江大學中文系博士，兒童文學碩士，現為大學兼任助理教授。著有：圖畫故事、童話、故事、童詩、兒歌、兒童散文《大冠鷲的呼喚》等；研究童詩、現代詩、作文教學。得獎包括：金鼎獎、洪建全兒童文學獎童詩獎、楊喚兒童文學獎、兒歌百首，大墩文學獎童話首獎、臺灣省兒文童話獎、第四屆臺北文學獎、兩屆的花蓮文學獎、新北市文學獎，文章入選翰林教科書。

象牙筷子

鄒敦怜
．改寫自民間故事

阿城和阿樹兩人是朋友，他們一個是技術高超的泥水匠，一個是外號「小魯班」的木匠。兩個人雖然家裡都很窮，但是靠著一技之長，幾年下來也攢了一點錢。

有一次，他們一起到城裡的吳員外家工作，因為工作賣力，完工後吳員外請他們吃飯。來到飯廳，兩人都倒吸了一口氣，偌大的飯廳，桌椅都有講究的雕飾，桌上擺滿平時難得吃到的佳餚，餐具也特別精緻，兩人拿起光滑的筷子把玩，嘖嘖稱奇。只是，當他們想用筷子夾菜時，發現筷子很重、很滑，夾什麼都夾不起來。「抱歉，怠慢兩位了。」善解人意的吳員外連聲道歉，為兩人換上竹筷。

當他們要回家的時候，除了酬勞之外，吳員外還拿出兩個錦盒，說：「剛才擺放在餐桌上的筷子，是來自南洋的象牙筷子，我看你們似乎很喜歡，所以拿一雙送給你們，請笑納。」

這雙象牙筷子，阿城帶回家後，愈看愈喜歡，馬上拿出來用，但

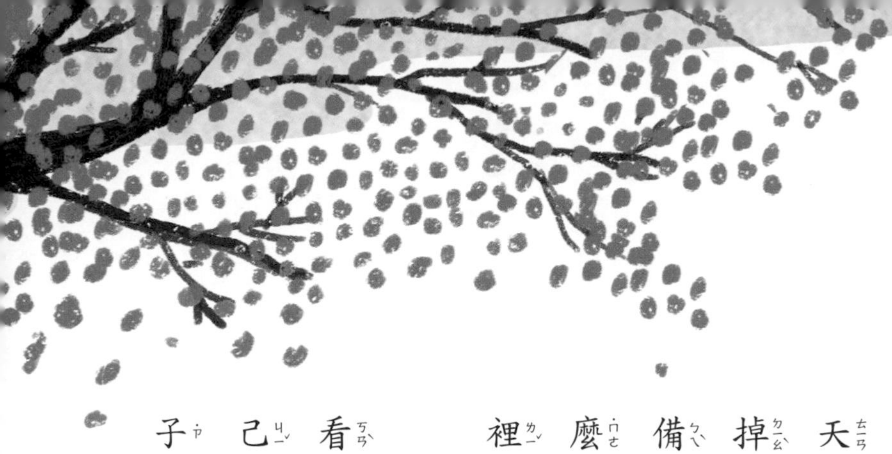

是看到家裡粗糙的陶碗、陶盤，眉頭就皺了起來。第二天，他花了一些錢，把原本用得好好的舊碗盤通通換掉。第三天，當他用新碗盤盛裝菜餚，拿出象牙筷子準備吃飯時，卻又搖起頭，說：「這桌椅實在太難看，怎麼配得上這雙筷子？」幾天後，一套新的桌椅送進家裡，桌椅也有精緻的雕飾，花了他不少錢。

桌椅換了，可是阿城還是沒用到象牙筷子。因為他看了看飯廳的桌椅，看了看家中其他的家具，再看看自己破舊的房子，覺得這樣還是不搭配。他開始改建房子、更換所有的家具、買了全新的衣物。像著魔似的，

沒多久的時間，阿城就花光十幾年的積蓄，只能過著苦哈哈的日子。

阿樹把象牙筷子帶回家之後，一直擺放在神桌上，每天早晚燒香的時候，就會看一看、摸一摸。吳員外這麼有錢，卻一點架子都沒有，對人謙和有禮，還請他們一起吃飯。他心中升起了敬佩之情，想著：「這筷子多高貴啊！這是吳員外送我的珍貴禮物，我要以他當榜樣。將來，我也要蓋一棟大房子！」

阿樹每天這麼想著，這念頭支持他更賣力的工作、更認真的精進自己的本事，甚至還收了幾個年輕人當徒弟。他誠心待人，毫不藏私的教導徒弟，徒弟的手藝也讓客人放心，人們提到「阿樹木匠」，沒有人不豎起大拇指。阿樹這麼用心，幾年下來成了家、有了孩子，過著和樂又知足的日子。

傳家小語

一雙象牙筷子，讓阿城和阿樹兩人心中都對美好生活產生了嚮往，只是兩人對於追求美好生活的做法不同。阿城不切實際，只會亂花錢，打腫臉充胖子。阿樹則是更用心的經營事業，愈來愈成功。同樣一雙象牙筷子，是一個人墮落揮霍的開始，卻是另一個人攀登高峰的動力。

如何克制懶散誘惑，如何有紀律的執行目標，希望聽過故事的孩子，都能給自己最好的答案。

故事傳承人

鄒敦怜，當了很多年的老師，寫了幾十本書，得過幾個文學獎。從小就喜歡嘗試新鮮事物，喜歡問問題，更喜歡纏著家人說故事。每次聽過故事之後，對每個故事又會產生許許多多的疑問。長大之後，變成一個喜歡說故事的老師，開始寫下一個個有趣的故事；在創作中得到很大的快樂，希望美好有趣的故事，成為大家共同的記憶。

西雅圖酋長的話

王洛夫 · 改寫自西雅圖酋長宣言

歐洲人來到美洲大陸以前，美洲的原住民——印地安人，已經在這片土地居住了幾千年，發展出可觀的文明。幾百年前，歐洲人登陸美洲以後，不僅帶來了瘟疫，強占了土地，還殺了很多印地安人。印地安人反抗失敗，失去世世代代賴以為生的土地，被驅趕到偏僻的保留區。

到了十八世紀，移民美洲的人，決定脫離英國統治，獨立建國，成立了美國聯邦政府，並且繼續與印地安人爭地。一八五〇年，政府決定向原住民部落共同尊敬的西雅圖酋長，購買美國西北地區的廣大土地。

酋長迫於無奈，只能心痛的出讓世代安居的樂園。在談判過程中，酋長在美國國會發表宣言，他所說的話，讓人們感動又慚愧，使得這個故事一直流傳至今。

酋長起身，像一隻巨大的棕熊那麼威武，眼神像老鷹一般讓人懾服，全場悄然無聲。酋長說：

你們怎麼能擁有風和雨？正如天空不屬於任何人，土地也是，

我要怎樣賣給你們呢？

大地的一切都不可侵犯，每根細細的松針、每片沙灘和細沙、森林中縈繞的霧、遼闊的草原、發出嗡嗡聲歌唱的蟲兒……這一切在族人記憶中，都無比的高尚潔淨。正如我父親所說，他感覺得到樹幹裡流動的樹液，正如同血管裡流動的血液，閃著波光在河裡流動的不是水，而是祖先靈魂的血液。我們是大自然的一部分，大自然也活在我們的生命裡。

花朵是我們的姊妹，熊、鹿和老鷹是我們的兄

弟，山峰的岩石、草葉上的露珠、奔跑的小馬發出的熱氣，和我們人類全都出自同一個來源。人屬於大自然，大自然卻不屬於人，請記住要好好敬重土地、愛護地球。

祖先要我把這些話一代一代的傳下去，他們說：「大地不是我們的財產，我們都是大地的子民。大地是我們的母親，發生在大地上的一切，也將發生在大地的兒女身上。所有生命彼此都有關聯，人不能獨自編織生命的網，我們要知道自己只是網中的一條絲線。怎樣編織這個網，關係到人類的福祉，人類對網做出的影響，最終都會影響我們自身。」

西雅圖酋長老早看出，人類對地球不夠尊敬，人類對大地所做的一切，都將不可避免的反撲回到

人類身上。

當野牛被屠殺，野馬被馴服，當森林中最隱密的角落也充滿了人味，原始的山陵景觀被電話線所破壞時，我們真是不明白啊！叢林哪兒去了？消失了！老鷹哪兒去了？不見了！

酋長的話語，至今彷彿還迴盪在空中。而位於美國西北方的城市西雅圖，是美國唯一以酋長名字命名的城市。現在你知道西雅圖市的名字，是在對誰表示敬意了吧？

傳家小語

全球暖化、土地與河流汙染問題愈來愈嚴重，大家總會提起一百多年前，西雅圖酋長充滿智慧的話。酋長用最深且最真的情感，表達對土地、對大自然的愛與珍惜，有如詩人寫出的詩句那般動人。人類若想要得到幸福，真得好好珍愛地球才行。

故事傳承人

王洛夫，臺東大學兒童文學研究所畢業，大學主修心理與輔導，現任國小教師。作品《那一夏，我們在蘭嶼》獲好書大家讀年度最佳少年兒童讀物獎。《妖怪、神靈與奇事》、《蜘蛛絲魔咒》、《用輪椅飛舞的女孩》獲「好書大家讀」推薦。愛游泳、愛燒菜，覺得說故事就像游泳，既要放鬆又要有Power，寫作就像燒創意菜，要色麗、飄香、味美。

朱元璋封神「玄天上帝」

許榮哲·改寫自民間故事

位於臺灣南部的臺南，很多地名都有一個「營」字，例如下營、中營、柳營、新營、林鳳營……

這些帶有「營」字的地方，有個共通點，那就是當地都供奉一腳踩蛇、一腳踩龜，手持北斗七星劍的玄天上帝。

當地人像喊自己的爹一樣，親切的叫玄天上帝一聲「上帝爺」。

「上帝爺」是鄭成功帶來臺灣的，但源頭在朱元璋身上。

話說元朝末年，朱元璋和陳友諒爭奪天下。打了大敗仗的朱元璋，一個人往武當山逃，在後有追兵的情況下，遠遠看到前面有間破敗的小廟，門口結滿蜘蛛網，他想都沒想就衝了進去。

朱元璋躲到供桌底下，抹了抹臉上的蜘蛛絲，頓時心裡一涼。他這才想到，追兵看見門口被撞破的蜘蛛網，肯定會進來搜索。

看來今天就是喪命之日，朱元璋悲從中來，忍不住哭了。

朱元璋一哭，廟裡突然傳來笑聲。他一驚，左看右看，根本沒人啊。他再哭，廟又笑。抬頭一看，笑聲居然來自廟裡的神明。

朱元璋賭氣的說，萬一今天他能活命，明天就把廟拆了。

隨後，追兵趕到。正當小兵要進廟搜索時，立刻被大將軍喝止：

「你是笨蛋嗎？廟門口布滿密密麻麻的蜘蛛網，這代表廟裡沒人！」

怎麼可能，蜘蛛網不是被自己撞破了嗎？朱元璋摸一摸臉，蜘蛛絲全不見了。抬頭看著神明，祂又笑了。

逃過一劫的朱元璋最後當上皇帝，為了感念小廟神明相助，於是下了一道聖旨，封祂為明朝的「開國神明」，並升級為「玄天上帝」。

這個故事怎麼來的？

最可靠的說法是：歷代君王都是世襲，父親傳兒子，但朱元璋是平民百姓，為了給自己一個正當性，於是他編造了這個故事，用來告訴百姓，他的皇位是神明賜與的。

憑著玄天上帝的故事，朱元璋瞬間逆轉勝，而且是渾身發光的那種逆轉勝。

後來，鄭成功帶著軍隊來到臺灣，他是為了反清復

明而來，既然是復「明」，那麼帶誰來最好？當然是明朝的開國神明「玄天上帝」。這也就是為什麼，鄭成功軍隊駐紮的地方，都跟「營」有關，例如下營、中營、柳營、新營、林鳳營……這就是幾乎每個有「營」字的地方，都有玄天上帝的原因了。

傳家小語

不喜歡自己的故事，可以，那就為自己打造一個喜歡的故事。

朱元璋用故事改變了自己的命運：老天爺不給他皇帝命，他就自己說一個——神明命。

世界是你的，但你必須自己去拿。至於怎麼拿？說一個有影響力的故事。

故事傳承人

許榮哲，曾任《聯合文學》雜誌主編、四也出版公司總編輯，現任「走電人」電影公司負責人。曾入選「二十位四十歲以下最受期待的華文小說家」。曾獲時報、聯合報、新聞局優良劇本、金鼎獎最佳雜誌編輯等獎項。影視作品有公視「誰來晚餐」等。代表作《小說課》、《故事課》在臺灣和中國大賣十幾萬冊，掀起故事的狂潮，被譽為「華語世界首席故事教練」。

日月潭的傳說

洪淑苓
．改寫自民間故事

很久很久以前，邵族人因為追逐一隻白鹿來到日月潭。日月潭是由大小兩個湖泊相連，潭區風景秀麗，物產豐富，於是邵族人就在這裡定居下來。

有一天早晨，太陽沒有出來，大地一片漆黑。又經過許久的時間，估計是黃昏時刻，竟然連月亮也沒出來。族人害怕極了，不知道怎麼辦。這樣的情形持續兩三天，因為沒有太陽，天氣變冷，各家儲存的火種和木柴也差不多快用完了。

有一對夫婦叫大尖哥和水社姊，為了族人的安危，他們願意出去尋找太陽和月亮。他們翻過山嶺，看到太陽在湖面上跳躍，然後又沉了下去。接著是月亮跳出來，不久，也沉下去了。

打聽之後，才知道是潭下的兩條惡龍把太陽和月亮擄走，還把它們當成皮球玩耍。但這兩條龍很凶狠，一個神祕老人告訴大尖哥和水社姊，阿里山的山腳下藏著金剪刀和金斧頭，只有取到這兩樣寶物，才能殺掉惡龍。

大尖哥和水社姊費了很大力氣才找到這兩樣寶物，他們帶著寶物

回到湖邊後，立刻把金剪刀和金斧頭投入湖中。只看到兩條惡龍躍出水面，金剪刀和金斧頭自動飛向兩條龍，經過一場搏鬥，龍頭被砍斷，兩條惡龍就這樣被斬除了。

大尖哥和水社姊趕緊救起太陽和月亮，可是太陽和月亮都已經受傷，沒有力氣再飛上天去了。

大尖哥只好高舉雙臂，把太陽抬高，讓它可以在高處發出光芒。大尖哥累了，就換水社姊把手舉高，把月亮抬高，換它照亮大地。後來，他們都累了，就找來椰子樹幫忙。就這樣，一次又一次的，大尖哥、水社姊輪流把太陽、月亮舉得高高的。

但是有一天，他們實在太疲累，眼看就快要不支倒地，老天爺就讓他們的身體變高變大，變成兩座高山，一下子就把太陽和月亮頂到天空中。從此太陽和月亮就可以正常升落，人們也恢復了平安幸福的生活。

後來，人們把曾經藏著太陽的那個大湖叫日潭，藏著月亮的小湖叫月潭。而大尖哥和水社姊化成的兩座山，就是環繞在日月潭周邊的大尖山和水社大山。每年秋天，邵族都會在潭邊舉行「托球舞」，就是用竹竿頂著綵球，不讓它掉下來的遊戲，以紀念大尖哥和水社姊。

傳家小語

失去太陽和月亮的想像故事，代表人類對大自然的敬畏，也反映了對光明和溫暖的需求。大尖哥和水社姊勇敢向惡龍挑戰，又奮力拯救太陽和月亮，他們的精神，隨著「托球舞」流傳，也像大尖山和水社大山永遠守護著美麗的日月潭。

故事傳承人

洪淑苓，現任臺灣大學中文系教授。曾獲教育部文藝創作獎、臺北文學獎、優秀青年詩人獎、詩歌藝術創作獎、好書大家讀年度最佳少年兒童讀物獎等。

著有多種學術專書及新詩集《預約的幸福》、《尋覓，在世界的裂縫》；童詩集《魚缸裡的貓》；散文集《扛一棵樹回家》、《誰寵我，像十七歲的女生》、《騎在雲的背脊上》等。

化身博士

管家琪

·改寫自羅伯特·史蒂文森（英）小說

傑奇博士在倫敦上流社會備受景仰。他相貌英俊、身材高大，不僅是一位仁心仁術的名醫，還是一位大方的慈善家。

海德先生——這是新聞界所取的名字，因為「海德」（Hyde）和「躲藏」（Hide）同音——則是近來令人膽寒的惡魔，已經犯下幾起謀殺案，可是警方在全力偵查之下仍然毫無頭緒，引起社會普遍的恐慌。

好不容易警方終於找到一個目擊證人，描述這個海德先生樣貌醜陋，個頭矮小，穿著考究，脾氣極為暴躁，又十分狠毒，居然會因為一點小事就動了殺機，有一回，竟然只是因為不耐於被人攔住問路，就火冒三丈揮舞著手杖把那個倒霉鬼給打死了。

這些訊息令警方和大眾都感到很困惑，因為這個海德先生似乎跟一般的壞蛋很不一樣……

誰都沒有想到，其實傑奇博士和海德先生竟然會是同一個人。原來，在公眾面前形象很好的傑奇博士，內心一直有一個說不出口的欲望，希望能夠在不被任何人察覺的情況下，偶爾過一下罪惡墮落的生

活。於是，他潛心研究出一種化身藥水，喝下之後就能從頭到腳、從裡到外完全變成另外一個人。

當傑奇博士透過新聞得知海德先生的所作所為，也很吃驚和不安，這才意識到，化身藥水實際上是把自己內心的邪惡徹底激發出來。他並不想傷害別人、為害社會，發誓再也不要服用化身藥水。因為變身之後的他，根本無法控制自己的行為。可是，過不了多久，他又抵擋不了那種在法律上不存在、可以為所欲為的誘惑……

這樣過了一段時間，事情開始變得複雜。傑奇博士驚恐的發現，自己竟然會自動變身！第一次幸好是在家中臥室，清晨一覺醒來，他發現自己成了海德先生的模樣，趕緊溜到實驗室去調製藥水，迅速變身回來。第二次就很糟糕，他只不過是在公園裡打了一個盹，沒一會兒竟然也變成了海德先生，驚險萬狀才逃回了家。

怎麼會這樣呢？變身為什麼會開始不受控制？傑奇博士感覺海德先生正在一步一步占領他的軀體。他拼命研究，終於發現是藥水中有一種材料出了問題，而讓他絕望的是，這種材料在市面上已經再也找不到了！

最後，傑奇博士選擇結束自己的生命，只有這樣才能除掉自己一手創造出來的惡魔。

傳家小語

「人性本善」或「人性本惡」似乎都有些極端，聖人般絕對的好人，或是魔鬼般徹底的壞人，都是少數，大多數的人應該都是善惡並存的吧。而受教育、讀書最大的目的，應該就是讓我們懂得明辨是非，能夠控制內心的那些惡，即使只是小惡，努力做一個好人。

故事傳承人

管家琪，兒童文學作家，曾任《民生報》記者，後專職寫作至今。目前在臺灣已出版創作、翻譯和改寫的作品逾三百冊，在香港、馬來西亞和中國大陸等地也都有大量作品出版。曾多次得獎，包括德國法蘭克福書展最佳童書、金鼎獎、中華兒童文學獎等等。

作品曾被譯為英、日、德及韓等多國語文，並入選兩岸三地以及新加坡的語文教材。經常至華語世界各地中小學與小朋友交流閱讀與寫作，廣受歡迎。

午餐

王文華
·改寫自毛姆（英）小說

要不是她叫我，我認不出她。

「你曾邀我吃過午餐，記得嗎？」她說。

我怎麼能忘記呢？

那年我是個窮作家。她讀了我的書，寫信說想見我，順道在福約特餐廳隨便吃個午餐。

福約特很高貴，我不曾進去過。我還有八十法郎，如果那餐飯不超過十五法郎，剩下的錢應該可以讓我撐到月底。見面時我發現，她沒有我想像的年輕，而且，這家餐廳的價錢真的好貴。

還好，她說她中午從不吃什麼的，聽了她的話，我放心多了。

「我中飯最多吃一道菜的，不知道有沒有鮭魚？」

餐廳剛好有一條頭等鮭魚，侍者問：「鮭魚上桌前，要吃點別的嗎？」

「我中飯只吃一道菜的，除非這裡有魚子醬！」

我的心微微一沉，但還是為她點了魚子醬，自己只挑最便宜的肉排。

「肉排太油膩了。」她看看飲料單：「我中飯從不喝什麼酒。」

「我也是。」我迫不及待的說。

「除了香檳，」她彷彿沒聽到我的話，「醫生禁止我喝其他的酒。」

我忍痛叫了香檳，自己只喝水，當她高談闊論時，我卻在心裡琢磨等一下該付多少錢。

苦難還沒結束，侍者又帶著菜單來了。

「天哪，我吃不下……除非是龍鬚菜，來巴黎沒吃到龍鬚菜，那真是遺憾。」

侍者說，餐廳恰好進了些又大又嫩的龍鬚菜。

我又為她點了一份。

「你不要嗎？」

「我從不吃龍鬚菜。」其實我是沒吃過。

「那是因為你愛吃油膩的肉排，把你的胃口破壞了。」

她說時，我只擔心，若是不夠錢付帳，我只能拿手表來抵押。

「龍鬚菜真香！」她大口大口把龍鬚菜塞進嘴裡。吃完了，我問她要不要咖啡？

「好吧，一客冰淇淋咖啡。你知道嗎，我的信念是吃飯只吃八分飽。」

「那你還餓嗎？」

「怎麼會呢，我通常中飯只吃一道菜的。」她從桌邊籃子裡挑了顆大桃子，說：「你用肉塞滿腸胃，現在什麼也吃不下去了，而我只

隨便的吃了點，所以還可以享受個桃子。」

付完帳，我只剩三法郎當小費，她的目光停留在三法郎上，她一定認為我很吝嗇。

走出餐廳，我的口袋裡什麼也沒有了，她還不忘勸我，說：「中飯千萬只吃一道菜。」

「我會做得比這更好，」我大聲說，「今晚我什麼也不吃了。」

「幽默家！」她快樂的跳上了馬車，說：「你真是個幽默家！」

我終於復了仇。

二十年後的今天，我們重逢，她的體重三百磅。雖然我不是有仇必報，但今天，我還是笑了。

傳家小語

年輕的作家，以為遇上一位仰慕者，結果是遇到了藉機敲竹槓、讓作家請客吃大餐的人，而且專挑最貴的菜下手，吃光了作家未來一個月的生活費，更嘔的是對方還一路批評他不懂得善待自己。

如果作家一開始就明白告訴對方：「我沒錢，我沒去過福特約餐廳，我就只有十五法郎的預算，再多我付不起。」結果會不會大不相同？

寧可承認自己沒錢，也不必打腫臉充胖子。面子雖然重要，卻害我們餓肚子啊！

故事傳承人

王文華，國小教師，兒童文學作家。平時的王文華忙著讓腦袋瓜裡的故事飛出來，也要忙著管他那班淘氣的學生。喜歡到麥當勞「邊吃邊找靈感」，那時，他特別有感覺，可以寫出很多特別的故事。

曾獲國語日報牧笛獎、金鼎獎等獎項。出版《十二生肖節日系列》繪本、《我的老師虎姑婆》、《可能小學的歷史任務》等書。

黏蟬

湯芝萱 · 改寫自《莊子》

孔子帶領弟子前往楚國，一行人靜靜的穿越樹林，只見盛夏的陽光不時穿過葉隙灑下，兩旁大樹上的蟬鳴則是異常響亮，簡直讓人耳朵都快要痛起來了。

走著走著，發覺前頭一棵大樹下，站著一位姿勢怪異的駝背老人，他仰著頭，高舉起手，模樣有點滑稽。走近一瞧，原來老人手裡

舉著長長的竹竿，竹竿頂端伸進了綠蔭之中。在他身邊，還有個細細長長的竹簍子。

老人到底在做什麼呢？

眾人又走近一些，這才發現原來老人正用竹竿黏蟬。而且，每次出手都能黏下一隻，動作十分俐落，不一會兒就黏下許多隻來，簡直像用手去拿似的輕鬆簡單。

更不可思議的是，蟬兒好像都沒警覺到竹竿的存在，仍然放聲高唱。

孔子忍不住讚美：「老先生，您手好巧！是不是有什麼門道呢？」

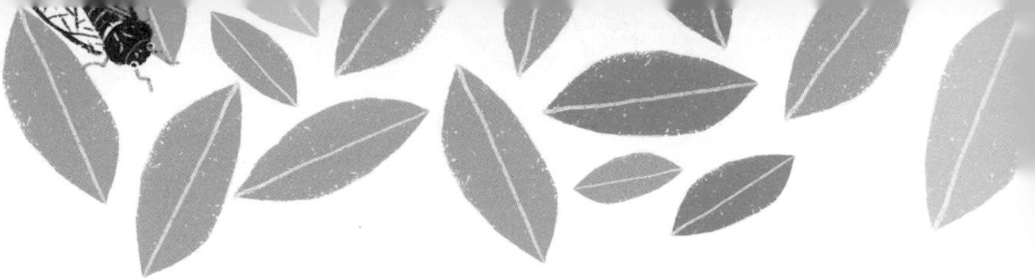

老人轉過頭來看看孔子一行人，點點頭說：「我確實是有門道。」

他看眾人都專注聆聽，就繼續說：「剛開始，要先將兩個彈丸疊在竹竿頂端，舉起竹竿後，讓它們不會掉下來。練習五六個月後，我黏蟬時就很少失手了。」

「將兩個彈丸放在竿頭？」眾人一聽大驚失色，有人忍不住說：「太難了吧！」

孔子回頭嚴肅的看了說話的人一眼，對方急忙縮起脖子安靜下來。

老人笑一笑，又說：「再來是練習在竿頭疊三個彈丸，練到

不會掉下來，我黏蟬時，大概十次才會有一次讓蟬跑掉。」

「怎麼可能辦得到？」這次連孔子都瞪大了眼睛，沒去管弟子說什麼。

「我還沒說完呢！等到能在竹竿頂端疊上五個彈丸，彈丸也不會掉下來時，黏蟬就會像隨手去撿那樣簡單了！」老人得意的說。

五個彈丸在竿頂？那是什麼畫面？眾人目瞪口呆、無法想像。

「當我準備黏蟬時，我的身體就像樹木那樣穩定；舉著竹竿的手，就成為大樹的樹枝。」老人認真的說：「雖然天地很大，又充斥萬物，但我眼裡只看得見蟬的翅膀。我絕不東張西望，也不胡思亂想，可以說完全不受萬物影響，一心一意只注意蟬的翅膀。做到這樣，怎麼可能不成功呢？」

孔子聽了很有感觸，也對老人非常欽佩，轉過身來對所有弟子說：「專心一致，就能做好一件事，說的就是這位駝背的老先生啊！」

傳家小語

這個故事出自《莊子》達生篇。我們經常看別人貌似輕鬆的彈奏樂器、上臺表演，其實「臺上三分鐘，臺下十年功」，專注努力的學習，扎好根基後，才會有游刃有餘的表現。「黏蟬」看似小事，老人卻能不斷精進自己的本領，做到最好，難怪孔子由衷的佩服。

故事傳承人

湯芝萱，筆名貓米亞，現任《國語日報》副刊組組長，曾編輯《國語日報》科學版、兒童版、藝術版、少年文藝版、生活版及星期天書房版。著作散見於《中國時報》、《聯合報》、《中央日報》等。著有《放學後衝蝦米？》、《Run!災害應變小英雄》（以上獲新聞局中小學生讀物選介）、《叢林求生大作戰》、《荒島求生大作戰》等。

馬頭琴

劉思源 · 改寫自民間故事

天蒼蒼、野茫茫，風吹草低見牛羊……

小男孩蘇和一邊唱歌一邊趕羊。蘇和是個孤兒，從小幫人放羊過活。有一天，蘇和趕羊時，發現草叢中有個白色毛茸茸的小東西。

「哇！是匹小白馬。」蘇和驚叫，這匹小馬很小，大概才出生沒多久，四條腿都還站不直。但是啊！牠的兩隻眼睛亮亮的，像星星一樣。

蘇和輕輕抱起小馬，說：「你也是孤兒嗎？」

蘇和等了很久，一直不見馬媽媽的蹤影，便把小馬帶回家，細心的照顧牠。

小白馬長得快，幾年過去，牠已長成一匹駿馬，雪白的毛，快跑的蹄，好神氣。蘇和也長大了，成了意氣風發的少年。蘇和常常騎著白馬馳騁在草原上，和天上的老鷹賽跑。

轉眼，一年一度的賽馬大會到了。蘇和躍躍欲試，帶著白馬來參加比賽。

「出發！」主持大會的王爺一聲令下，瞬間幾百匹馬一起往前衝。蘇和騎著白馬一馬當先，像一道白色閃電劃過草原，把其他的馬兒都拋在後頭。

比賽結束，蘇和和白馬奪得冠軍，歡呼和掌聲響徹草原。但一雙貪婪的眼睛緊緊盯著白馬——王爺叫侍衛給蘇和三個金元寶，要他留下白馬。

蘇和跳上馬轉頭就走，說：「白馬是我的朋友，不能賣給別人。」

高高在上的王爺哪裡會放過窮牧人？王爺派侍衛把蘇和拖下馬，痛打一頓，並用繩套套住白馬，又拉又扯的硬把白馬拖走。

傷痕累累的蘇和咬著牙，一步一步的走回家。他傷勢嚴重，加上思念白馬，整日奄奄一息的躺在床上。

一天晚上，蘇和聽到門外傳來急促的馬蹄聲。他掙扎著下床，打開門。白馬蹣跚的奔到蘇和身邊，四腿一軟，就倒在地上了，牠全身插滿了箭，雪白的身上冒出一朵朵血花。

原來王爺為了炫耀新得的白馬，邀請許多王公大臣一起騎馬。哪知道，他剛跨上馬背，白馬便高高躍起，把王爺摔下地，然後掙脫韁繩，往家的方向狂奔。

「可惡！」王爺又氣又羞，下令弓箭手一路追、射殺白馬。

蘇和嚎啕大哭，抱住白馬。白馬星星般的眸子，一點一點失去了光，最後嗚咽幾聲，永遠閉上了眼睛。

白馬死後，蘇和用白馬的骨頭、筋和尾毛，做了一把二弦琴，還在琴頭刻了一個栩栩如生的馬頭。每當蘇和想起白馬，便拉起這把馬頭琴，琴聲悠悠，有時激昂、有時低迴，彷彿訴說著往日一起走過的歡笑和悲傷。

傳家小語

相傳馬頭琴最初出自一位牧羊少年之手，他懷念死去的馬兒，取馬的腿骨為柱，頭骨為筒，尾毛為弓弦，製成二弦琴，並在琴柄雕刻馬頭做裝飾。木製琴身，長約七十公分到一公尺，有兩根弦，共鳴箱多呈梯形，聲音有時婉轉低迴，有時悲涼激昂。

牧民生活與自然緊緊相依，與動物關係密切；故事中的白馬和蘇和是好友，也是生命共同體。然而即使在天地廣闊的草原上，階級之間依然有深深的鴻溝，徒留許多遺憾。幸而藉由琴聲，讓不盡的思念代代相傳，成為民族共同的記憶。

故事傳承人

劉思源，職業是編輯，興趣是閱讀，最鍾愛寫故事，一個終日與文字為伴的人。目前重心轉為創作，走進童書作家的行列中。

出版作品近五十本，包含《短耳兔》、《愛因斯坦》、《阿基米得》、《狐說八道》系列等。其中多本作品曾獲文建會臺灣兒童文學一百推薦、好書大家讀年度最佳少年兒童讀物獎，並授權中、日、韓、美、法、土、俄等國出版。

晏子使楚

岑澎維
· 改寫自《晏子春秋》

晏子出使楚國，楚國派來迎賓的人，看晏子個子矮小，只開了旁邊的小門，要讓晏子從小門進去。

晏子停下腳步，不肯進去。他說：「出使狗國，從狗門進出；出使楚國，要從楚國的大門進出。今天晏子代表齊國出使到楚國，不應該走狗門進出啊！」

迎賓的人聽了，立刻開大門讓晏子進到楚國。

楚王接見了晏子，楚王也看不起這個矮小的人。

「齊國是沒有人了嗎？」楚王不客氣的問。

晏子說：「齊國都城臨淄有七千五百戶人家，每個人都張開袖子，可以遮天蔽日；每個人甩一把汗，就成了一場雨；大街上的人，肩並著肩、腳尖接著腳根，可擠了！怎麼會沒有人呢？」

「既然這樣，怎麼會派你這樣的人來啊？」

晏子不慌不忙的說：「齊王派遣官員，是有一定規矩的。有德有才的人，派到有德有才的國家去；無德無才的人，派到無德無才的國家去。晏嬰最不賢，無德又無才，所以被派到楚國來了。」

幾句話弄得楚王無話可說，只好忍在心裡。

後來，楚王聽說晏子又要出使到楚國來。這次，楚王決定要給晏子一點難堪。他事先安排好一切，就等晏子到來。

晏子來了，楚王先跟他來個相談甚歡，再與他一起喝酒。就在酒喝得痛快的時候，兩個官差綁著一個犯人來見楚王。

「綁著的人怎麼了？」楚王問。

「這個齊國人，犯了偷竊罪。」官差回答。

楚王看著齊國的晏子，不懷好意的笑著問：「齊國人天生擅長偷東西，是嗎？」

晏子站了起來，鄭重的回答：「我聽說過這麼一件事：橘子種在淮河以南，就結出好吃的橘子；種在淮河以北，就結出又小又苦的枳；橘和枳的葉子一樣，但結出的果實完全不一樣了。這是什麼原因呢？生長的水土、地方不同，所以長出來的果實也不同。」

晏子繼續說：「百姓生長在齊國，不會偷東西；到了楚國，就變得會偷東西了，這就是楚國的水土環境，讓百姓變得擅於偷東西了。」

楚王聽完尷尬的笑著說：「聖人是不能隨便開玩笑的，我真是自討沒趣了。」

傳家小語

晏子面對楚國國君，總是四兩撥千斤，讓楚王心服口服。他機智、幽默、不卑不亢，迷人的風采令人折服。但願我心裡隨時有一個晏子，並且能從他身上學到一點點，就足以精采。

至少我希望學會不生氣，面對無理的人，仍然能心平氣和，有話好說。我們會遇到各式各樣的人，談得來的、談不來的，如果都能用幽默的語氣化解，這是多麼巧妙的智慧和勇氣啊！

故事傳承人

岑澎維，臺東大學兒童文學研究所畢業，現為國小教師。出版有《找不到國小》系列、《原典小學堂》系列、《成語小劇場》系列、《溼巴答王國》系列、《小書蟲生活週記》、《八卦森林》等三十餘本。

季札掛劍

謝鴻文
．改寫自《史記》

春秋時代，吳國國君壽夢歡喜迎接他的第四個兒子誕生。男孩相貌堂堂，有股不同其他兄長的溫文仁厚氣質，吳王幫這個男孩取名為「札」，後人又稱「公子札」、「延陵季子」，或習慣稱為「季札」。

季札三十二歲那年春天，被派遣出使魯國，沿途經過了徐國，於是就去拜會徐王。

　　徐王熱情款待季札，第一眼見到玉樹臨風的季札，便感到親切喜歡，聽他說話談吐散發的涵養，更覺得深深佩服。徐王注視著季札端莊得體，不奢侈華麗的穿著打扮，目光突然被他腰間配帶的一把寶劍吸引。

　　那是一把造型典雅，鑲著幾顆寶石的寶劍，煥發著溫和不刺眼的光芒。這把寶劍，感覺和季札這般氣質的君子特別相配！徐王暗自喜歡寶劍，雖然不好意思說，但是眼睛卻忍不住一直望著。心思敏銳的季札看在眼裡，心想，仁慈的徐王值得以寶劍相贈，等他順利完成訪問魯國的任務之後，回程一定要來將這把寶劍送給徐

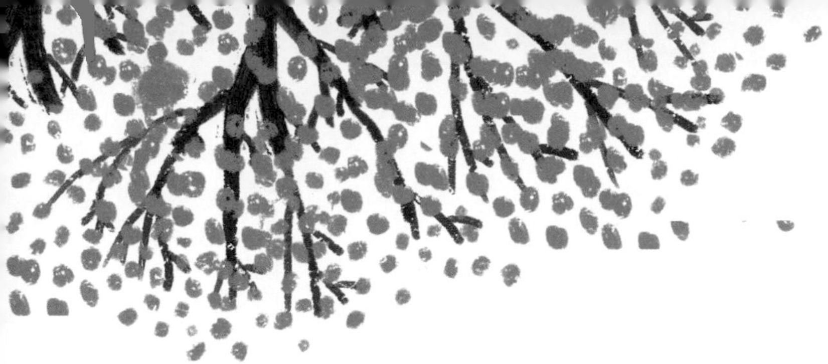

王。

秋意濃時，季札完成任務來到徐國，怎料世事多變，徐王已經過世了。傷心的季札來到徐王的墓前，他望著蒼涼灰暗的天空，看著一行野雁飛過，長嘆了一口氣，卸下腰上那把寶劍，懸掛在墓前的樹上，一面鞠躬祭拜，一面在心中說：「您雖然已經離開人世，我內心曾有的許諾卻在，從未離開。」

季札對著墓碑躬身再拜，默默轉身離去。

途中，季札的隨從問他：「徐王已經過世了，您為何要將寶劍懸掛在他墓前呢？」

季札解釋說：「徐王雖已離開人世，但是我內心曾經決定要將寶劍送給徐王。君子講求誠信與道義，我內心既然有過承諾，即使徐王已經不在，但我還在，我內心的承諾也還在，便要守信，怎麼能夠因為他過世，而違背君子應有的誠信與道義呢？」

吳王的幾個兒子之中，就屬季札人品最好，受人愛戴。吳王一直

想把王位傳給季札，但季札堅定推辭多次不肯接受，將王位禮讓給兄長，自己躲到山林種田，過著簡樸自在、讀書耕作的生活。

徐國人民聽說季札掛劍守信的君子風範後，作詩傳唱說：「延陵季子兮不忘故，脫千金之劍兮帶丘墓。」有賢德的季札，即使隱居山林，依舊被世人歌頌記憶著。

傳家小語

季札是個講信用的君子，因此美名流傳於世，千古不朽。

孔子說：「人而無信，不知其可也。」一個人沒有信用，就不知這個人還有何用處，就像一輛車子有輪子，卻無法走一樣。

有句成語「一諾千金」，形容一個人講信用重承諾，一句話就能如同有千金的價值。相反的，一個人若總是言而無信，胡言亂語不負責任，這種人不值得做朋友。

故事傳承人

謝鴻文，現任 Fun Space 樂思空間實驗教育團體教師、SHOW 影劇團藝術總監、林鍾隆兒童文學推廣工作室執行長，亦為臺灣極少數的兒童劇評人。

曾獲亞洲兒童文學大會論文獎、日本大阪國際兒童文學館研究獎金、九歌現代少兒文學獎、香港青年文學獎、冰心兒童文學新作獎等獎項。

著有《雨耳朵》、《不說成語王國》等書，另主編有《九歌 107 年童話選》等書。擔任過《何處是我家》等兒童劇編導，《蠻牛傳奇》等兒童劇編劇。

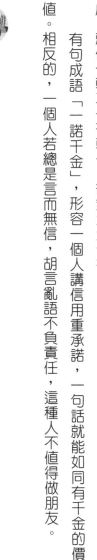

諸葛亮的饅頭

黃秋芳
・改寫自民間故事

傳說諸葛亮在北伐曹魏之前，決定先平定南中少數民族的叛亂。習慣生活在北方的大軍，想像著長期瀰漫著迷煙瘴霧的神祕南方，總覺得那裡是「蠻方」，住的是「蠻人」。「蠻」這個字，像變來變去的「蟲」，光想起來就覺得很害怕。

為了安定軍心，諸葛亮做了很多努力，有先進的軍備發明，有

「臥龍丹」和「諸葛行軍散」的醫療準備，也有各種充滿智慧的心理戰術，總算在七擒七縱之後，收服了蠻軍首領孟獲，訂了盟約，互相幫助，讓人民過著和平的好日子。

孟獲領著大小洞主和部落酋長，送諸葛亮的大軍高高興興踏上歸途。沒想到，經過瀘水，明明天清日朗，應該是秋水最寧靜的時候，忽然烏雲密布，狂風大作，滔天巨浪像一張大嘴巴，隨時可以把整個軍隊都吞下去。

孟獲告訴諸葛亮，連年打仗，戰死在瀘水邊的士兵冤魂，常常出來搗亂。想要渡河，必須獻上四十九顆人頭祭供，才能平安無事，而且還可以保祐第二年豐收平安！

諸葛亮很震驚。戰爭死傷，都是不得已，用人頭祭奠冤魂，再增添四十九個冤魂，不是又得掀浪翻濤到永無寧日了嗎？他在水邊反覆想著該怎麼解決這個問題，當地人告訴他：「自從丞相經過，水邊的鬼哭神號，變得更嚴重了，再也沒有人敢渡河。」

「什麼？」諸葛亮難過得掉下眼淚：「這都是我的罪過啊！沉在瀘水裡的，不只是當地南人，還有蜀國同胞，我一定要誠心祝禱，為更多的人創造和平。」

他下定決心，一定要找出方法，讓活著和死去的人都可以得到幸福和安慰。他帶著士兵們殺豬宰牛，把肉泥和入麵糰裡，做出圓圓的人頭形狀，蒸熟之後大家驚呼，咦？這就是「蠻人的頭」啊！他們試

吃的時候，一邊嚼著新發明的「蠻人頭」，一邊讚嘆：「蠻頭，好吃。」

諸葛亮不忍心吃「蠻頭」，就把「蠻頭」改名成「饅頭」，親自祭拜冤魂，誠心祝禱魂魄安寧，祈求國泰民安，最後，把「饅頭」一個個丟進瀘水中。過了一會兒，雲開霧散，風平浪靜，大軍順順利利的渡河回家了。

從此以後，大家都學會用這種方法做饅頭。後來又改進成兩種做法，皮薄餡多的，就叫做「包子」；皮厚餡少或沒有餡的，還是叫做「饅頭」。

傳家小語

饅頭到底是不是諸葛亮發明的呢？其實沒有定論。但是，我們寧願相信這是諸葛亮的發明，或者是他根據南方文化改良的結果，讓我們在咀嚼饅頭的時候，同時也嘗到戰爭後的寧靜，以及一種努力想要解開痛苦糾纏的寬容與同情。

故事傳承人

黃秋芳，臺大中文系、臺東大學兒文所，經營「黃秋芳創作坊」。曾獲臺灣兒童文學協會童話獎首獎、文建會兒歌獎、九歌少年小說獎、臺東大學童話獎、九歌年度童話獎；教育部文藝獎小說組首獎、吳濁流文學獎小說獎、中興文藝獎章小說獎、法律文學獎小說創作特別獎。出版童話《床母娘的寶貝》；少年小說《魔法雙眼皮》、《不要說再見》、《向有光的地方走去》；兒童文學研究論述《兒童文學的遊戲性》；及散文、報導、作文教學等多種專著。

用寬容的心傾聽

徐國能
· 改寫自《左傳》

春秋時代，鄭國本來非常富強，但是貴族之間你爭我奪，不管民生需求，國力一落千丈。加上北邊有強大的晉國，南邊是不服周天子統治的楚國；東邊有齊國，西邊是秦國；這些國家野心都很大，鄭國隨時有被併吞的危機。所幸，有一位叫子產的政治家，出來整頓國政，鄭國才轉危為安。

子產首先重新制定法律，明確規畫官員的職責，賞罰分明，讓國家大小事務都有人負責。然後他修築道路，整治農田水利，讓農業和商業都興盛起來。短短三年，鄭國成為農業、商業最發達的國家，人民的生活過得很好，大家都很感謝他。

從事這些建設，需要許多錢，錢從哪裏來呢？子產對那些遊手好閒的貴族，額外徵收許多租稅，引發貴族不滿，有人甚至威脅要殺他。但子產堅定推動他的計畫。幾年後，國家變富裕了，貴族的財富不但沒有減少，反而增加了，大家這才知道當初錯怪了子產。

子產也非常重視教育，設立了「鄉校」，讓國民可以學習禮儀，使社會更有秩序。

鄉校裡有樹木、庭園，有房舍、井水，環境十分優美。許多人每天忙完工作，便聚集在鄉校聊天，聊著聊著，有人開始批評政治，毀謗子產。

有一個叫然明的公子聽到了，就向子產密告：「子產大人，如果任由這些反對者亂說，對您很不公平。謠言造成民心浮動，對國家也不好。要不要逮捕這些造謠者，並禁止大家在鄉校聚會論政呢？」

子產笑說：「他們的意見我都知道。有些意見是對的，我就依照他們的意思改進；有些意見是偏頗的，那也沒關係，久了，大家自然知道那不值得為信。」

「可是……」然明很激動的說：「我聽了很生氣，您為什麼不下令禁止呢？」

「然明啊，你不是跟我去治理過河道嗎？」子產微笑說：「那時我們發現，堤防建築得愈牢固，洪水愈是無處宣洩，最後終會沖毀堤防，一旦潰堤，死傷必定慘重。那時你還建議我，不如事先挖開一段小缺口來疏導部分洪水，這樣才不會造成大災難啊。」

「啊，我懂了，」然明說：「我們應該讓百姓有宣洩心聲的地方，

聽取他們的意見，當成施政的方向。您是這個意思嗎？」

「正是如此！」子產很高興：「然明啊，你真是聰明，與其防堵，不如傾聽。讓我們一起來為國家努力吧！」

傳家小語

有關子產言行的紀錄，散見於《左傳》、《國語》、《史記》等典籍中，其中最有名的就是他能容忍不同的意見，展現了他從善如流、寬容大度的胸襟。我們面對批評，首先應該反省自己，如果覺得自己並沒有做錯，那麼便不必擔心或憤怒；如果別人的批評有道理，不妨參考這些意見，讓自己成為更好的人。「包容」與「接納」，是美好的品格，也是真正的智慧。

故事傳承人

徐國能，臺灣師範大學博士，目前為臺灣師範大學國文系教授。

曾獲《聯合報》、《中國時報》等文學獎。著有散文集《第九味》、《煮字為藥》、《綠櫻桃》等，童書：《文字魔法師》、《字從哪裡來》等。

兩匹馬

陳素宜 · 改寫自民間故事

做雜糧買賣生意的商人家裡，養了兩匹馬，用來運送那些裝滿穀物、又大又重的袋子。這兩匹馬最近發現，主人和妻子總是一邊看著牠們，一邊嘀嘀咕咕的不知道在說些什麼。雖然聽不懂主人的話，牠們卻一點也不擔心，只要有東西吃就好，因為主人的生意沒有牠們可不行哪！

這天天還沒亮，主人就讓牠們各自背負一大袋的穀物，趕著牠們向市集走去。這次的市集有些遠，穿過大草原，越過小河流，爬上陡升的山坡，才會到達那半年一次的大市集。主人催促馬兒走快一些，他希望可以早一點到達，占個好位置。

馬蹄聲噠噠噠，輕快的走過大草原，來到小河邊。走在後面的那匹馬，突然後腳一滑，摔倒在河岸上，背上的大袋子差一點兒就掉進河裡。幸好旁邊的主人早有防備，伸手拉住綁在袋子上的草繩，才沒有讓袋子裡的穀物泡水。

「哎呀呀，你怎麼又來了！」

主人一邊把跌倒的馬兒拉起來，一邊嘴裡喃喃的抱怨著。去年夏天有一次趕集，也是這匹馬過河的時候不小心摔倒扭傷了腳，主人只好把這匹馬背的大袋子，搬到另一匹馬背上，讓牠休息一下。沒想到從此以後，每次過河，這匹馬就跌倒扭傷腳，背上的東西都要另一匹馬幫忙背。

前幾天他才和妻子商量說：「最近生意不好，賺不了多少錢。家裡養一匹馬還可以，養兩匹就有些吃力了。」

「可是只有一匹馬，會不會背不動全部的貨物呢？」妻子擔心的說。

他搖搖頭：「本來我也以為是這樣。不過，最近那匹腳扭傷的馬沒有背東西的時候，另一匹把東西全部都背起來了！我想把那匹故意假裝受傷的馬賣了。」

「你怎麼知道牠是假裝受傷的？」妻子問。

「怎麼會不知道。背上的東西拿下來，牠就好端端的，東西放上去，牠又跛腳了。不是裝的是什麼！」

「唉！這種偷懶的馬，怎麼賣得出去呢？」

妻子搖搖頭，還嘆了一口氣。他卻說：「怎麼會沒人要？賣馬肉的鋪子不會拒絕的！」

一早出門的時候，夫妻倆就說好要把偷懶的馬賣了。主人本來還

有些捨不得，可是今天過河時，偷懶的馬又假裝摔跤了。「看來，真的要賣掉牠才對。」主人看著輕輕鬆鬆、什麼東西都沒有背的馬，心裡想著。

傳家小語

自以為聰明的馬，假裝腳扭傷，樂得偷懶，把分內的工作推給另外一匹馬。牠雖然輕鬆的度過幾趟運送貨物的路程，卻讓主人看清，其實只需要一匹馬來工作就可以了。貪圖眼前的輕鬆，用不正當的手法，將自己應當負起的責任推給他人，終究得不償失！

故事傳承人

陳素宜，臺東大學兒童文學研究所畢業。一九八七年第一篇童話〈純純的新裝〉在《國語日報》發表後，開始努力從事兒童文學創作。作品涵蓋少年小說、童話和兒童散文等文類。作品得到九歌現代兒童文學獎、國語日報牧笛獎、陳國政兒童文學獎及好書大家讀年度好書獎、金鼎獎等多項兒童文學獎項的肯定。已有童話、小說和散文等五十餘冊兒童文學作品出版。

柳林中溫暖的家

·改寫自葛拉罕（英）《柳林中的風聲》

羅吉希

鼴鼠離家出走，是春季大掃除的時候發生的事。那時冬天剛過去，拿著撢子東揮西抹的鼴鼠，想起美麗的藍天白雲，忽然覺得再也不能忍耐啦，牠把撢子一丟，頭也不回的就出門了。

離家後，鼴鼠認識了新朋友水鼠、蛤蟆和老獾，乘著馬車、小船到處去遊歷，雖然碰上了可怕的車禍，又在深不可測的大森林裡迷路……一連串不斷的驚喜和變化，讓鼴鼠完全忘了時間，不知不覺，大地又迎來了冬天。這天，鼴鼠由水鼠領路，希望能在降雪前，快步趕回水鼠在河岸的家。

牠們匆匆的經過了村落中許多透著昏黃燈光的小屋，來到了好像熟悉又陌生的田野中。忽然，有種神祕的感覺攫住了鼴鼠的心，一開始只像是剛烤好的蛋糕，對牠傳送著誘人的香味，但那氣味漸漸變成一隻手，推著、拉著把牠往某個方向拽——鼴鼠一面忙著趕上水鼠的腳步，一面想弄清楚那到底是什麼：「啊！我家在這裡！」鼴鼠一弄清楚是家在呼喊牠，馬上夢遊似的往地裡鑽，還好回頭找牠的水鼠很機警，馬上跟著牠往地裡鑽。

等鑽出了地道，水鼠適應了暗暗的地下世界，才發現牠們就站在一個可愛的小廣場上，像棋子一般的雕像，很有秩序的立在庭園裡。「老鼴，你真是整理家園的能手！瞧你把你家整理得多麼可愛啊！快告訴我，你的小桌子是自己動手做的嗎？」水鼠的問話，勾起了鼴鼠的回憶，當初打理新家的種種全湧上心頭，牠高興的帶著水鼠進家門，一樣一樣指給水鼠看：「這個花盆是我撿到的瓶蓋，費了我好大的功夫才改造成功呢！」

正說得興奮，鼴鼠忽然倒抽一口氣：「唉呀！水鼠，我忘了我們家什麼食物都沒有，你走了這麼遠的路，現在一定餓了吧！」說著說著，鼴鼠居然掉淚了：「你這個，這個可憐的動物！我們家什麼吃的

都沒有！我為什麼這麼不體貼……」

「老鼴！我看到你這裡有個開罐器呢，可見你一定有罐頭。你看，不就在這，還有餅乾，咱們去廚房預備預備！」

「齁！」鼴鼠打量水鼠忙進忙出的背影，環顧大大小小的家具，心滿意足的吸了吸牠的鼻子。牠知道自己一定還是會離家去探險，但是，世界的這個角落會永遠等著牠，歡迎牠回家。

傳家小語

《柳林中的風聲》（*The Wind in the Willows*）是英國作家葛拉罕（Kenneth Grahame）為兒子創作的床邊故事，描述老獾、水鼠、鼴鼠及蛤蟆四個小動物的日常生活。牠們就像人類一樣，雖然有時看不慣朋友的所作所為，但仍然對朋友忠誠，盡己所能的幫助朋友，獲得真正的快樂與滿足，也對自己的家有說不出的依戀。這個溫柔的故事提醒我們，在嚮往廣大世界時，常常會忘了自己的家，但家永遠歡迎在外的遊子。長大離家後，不管我們在哪裡，都還能因為記得家的氣味而覺得勇氣百倍。

故事傳承人

羅吉希，出版社編輯。讀書迷迷糊糊，生活丟三落四。喜歡簡明合理卻出人意外的好故事，對小學生能理解奇幻故事，創造有趣造句充滿好奇，所以喜歡教育哲學、教育心理學、教育社會學，以及一點點教育史學。衷心認定文學冠冕上，兒童文學是最璀燦的那顆閃亮寶石。

不輸給風雨

周姚萍
·改寫自宮澤賢治（日）作品

宮澤賢治年輕的臉龐，顯得十分蒼白。

這位日本童話大師，曾在農業學校教書，後來還自己種田，只為奉獻心力給土地與農民。

然而，自小體弱多病的他，在務農期間，疾病再度纏身，受了許多折磨。

這時，他已病重，身上的氣力正快速流失。有一天，他的母親放輕腳步走進他的房間，悄聲問他：「樓下有位農人來拜訪你，我幫你推辭掉好嗎？」

賢治搖搖頭，虛弱的說：「一定是有苦惱的事才來，我下樓去見他。」

「可是……」母親想勸阻，賢治已經勉強起身。他清楚自己僅存一絲餘力，卻還是吃力的換好衣服，下樓見了農人。

不知情的農人，足足與賢治暢談一個小時才離開。這時，賢治虛弱到連站都站不起來。靠著母親攙扶，一步一步，慢慢走回房間休息。

第二天午後，這位作家、農夫，便離開了人世。
宮澤賢治在病榻上，寫了這首無名詩：

不要輸給雨
不要輸給風
也不要輸給冰雪和炎夏的酷熱
維持著健康的身體
沒有貪念
絕不嗔怒
總是沉靜的微笑

一日吃四合糙米
一點味噌和青菜
不管遇到什麼事
切勿先入為主
好好的看、聽、了解
而後記於心中不忘
在原野松林的樹蔭中
有我棲身的小小的茅屋

東邊如果有生病的孩童
去照顧他
西邊如果有疲憊的母親
去幫她扛起稻稈
南邊如果有即將離世的人
去告訴他　別害怕
北邊如果有吵架的人們
去跟他們說　別做這麼無意義的事情了

旱災時　焦急得落淚
冷夏時　不安的來回踱步
大家說我像個傻子
無須別人稱讚
也無須他人為我擔憂
這就是
我想成為的人

宮澤賢治一生都在奮力實踐，成為這首詩裡所說的那樣的人。

像在農業學校擔任老師的時候，他總是帶著學生唱歌、跳舞、演戲，盡力開拓學生的視野，並帶他們到附近田地幫忙務農。成為農夫以後，他不僅替農民上課，開設「肥料設計所」，還組成一支鄉村樂團，教同伴演奏音樂……這一切，只為建設新農村，為農民帶來幸福。即使到了生命垂危的時候，他心心念念的，依然是要幫助他人解決煩惱和困難。

這就是宮澤賢治！

他，不僅是一位童話大師，更是一位不輸給風、不輸給雨的實踐家！

傳家小語

宮澤賢治讀中學時，透過爬山，與土地產生親近感，後來更因宗教的關係，確立下自己的人生目標：「只有世界上所有人都獲得幸福，才會有個人的真正幸福。」他的人生很短暫，才三十七個年頭，卻在確立目標後，從無間斷的朝向他的目標努力。每個人各有理想，尋找理想，確立下來，並且實踐，不管結果如何，都讓你的人生變得有價值。

故事傳承人

周姚萍，兒童文學工作者，創作少兒小說、童話、繪本文本。著有《日落臺北城》、《臺灣小兵造飛機》、《山城之夏》、《我的名字叫希望》、《守護寶地大作戰》、《翻轉！假期！》等少兒小說；《妖精老屋》、《魔法豬鼻子》、《大巨人普普》等童話。繪本作品則有《鐘聲喚醒的故事》、《想不到妖怪鎮》等。

創作童書曾獲行政院新聞局金鼎獎優良圖書推薦獎、聯合報讀書人最佳童書獎、幼獅青少年文學獎、九歌年度童話獎、好書大家讀年度最佳少年兒童讀物獎等獎項。

改變歷史的一次偶然

陳啓淦
·改寫自民間故事

十九世紀的英國，一個寧靜的午後，一對父子在田裡工作。

「救命啊！」

忽然，遠方傳來呼救聲，年輕的農夫立刻放下工作，朝附近一口大池塘飛奔過去。

到了池塘邊，看到一個小孩在水中掙扎，農夫奮不顧身的跳到水裡，救起了那個小孩。

晚上，小孩的父親帶著一些禮物和一筆錢來拜訪，感謝農夫的救命之恩。這位父親穿著華麗，像是上流社會的紳士。

「這只是一點小小的心意！如果不是你熱心救人，我兒子一定沒命了。」

「那是我應該做的事，我不能見死不救。」貧窮的農夫堅決拒絕謝禮，農夫本性純樸善良，認為救人是應該的，如果接受厚禮，就失去救人的本意。而這位紳士認為，小小禮物無法表達他心中的感謝，如果農夫不收下，他會感到不安。

農夫的兒子到客廳來，看到兩個大人相持不下，十分好奇。

「這是你兒子吧？」紳士問。

「是的。」農夫說。

「讀幾年級了？」

「目前沒有上學，和我一起下田工作。」農夫說：「他以前在學校成績很好。」

「為什麼不繼續上學呢？」

「去年收成不好，沒辦法供他上學。」農夫說。

紳士想了一下，說：「這樣吧，我送你兒子去倫敦，接受最好的教育，一切費用我出。」

農夫聽了非常驚訝，不敢相信這是真的。一位素昧平生的人，願

意花大錢栽培一個農家的孩子。

「你可以拒絕我的禮物，不可以拒絕你兒子的前途。」那位紳士十分嚴肅的說：「難道你希望你的孩子一輩子在鄉下拿鋤頭嗎？」

農夫心中十分掙扎，他當然希望兒子去讀大學，成為有知識的人。

他問兒子說：「你願意去倫敦讀書嗎？」

他兒子點點頭說：「願意。」

農夫無法拒絕兒子的前途，只好答應了。兒子收拾好行李，第二天就跟著那位紳士去倫敦。

農夫的兒子十分用功，經過一番努力，從倫敦聖瑪麗醫學院畢業，當了教授，研究細菌，發明了青黴素、盤尼西林，在醫學不發達的時代，拯救了無數人的性命，因此獲得一九四五年的諾貝爾醫學獎，由英國皇家授勳封爵，他的名字是亞歷山大．弗萊明。

那位溺水者是誰呢？他的名字叫邱吉爾，後來成了英國首相。

弗萊明的爸爸奮勇救了一個溺水的小孩，一次偶然的善行，對英國歷史影響深遠。若沒有那次的偶然，邱吉爾可能夭折，弗萊明可能一輩子在鄉下種田。

傳家小語

弗萊明的爸爸行善不求報答，邱吉爾的爸爸受人恩惠，湧泉相報。弗萊明本來沒有接受高等教育的環境，機會來了，他抓住機會，努力上進，不但成為一名教授，更發明了青黴素、盤尼西林，為人類做出重大貢獻。

人生機緣非常奇妙。教育可以改變一個人，這話一點都不錯。

故事傳承人

陳啓淦，兒童文學作家，寫兒童詩、童話和小說。曾經是火車列車長和車站副站長。

得過海峽兩岸十多個獎項，包括：冰心兒童文學新作獎、上海童話報年度最佳童話、洪建全兒童文學獎等。著作超過七十本，包括《日落紅瓦厝》、《老鷹健身房》、《一百座山的傳說》、《月夜．驛站．夜快車》等。

最好的廚師

陳木城
·改寫自民間故事

連連荒年，加上戰亂，百姓的生活很艱難，即使富庶的江南，一般尋常人家也是三餐不繼，要靠撿拾一些野食維生。

陳三姨是一位寡居的老婆婆，丈夫病死，兒子戰死他鄉，一個人住在河邊的老屋，過著節衣縮食的生活。為了省錢，她到河裡撿拾螺貝，網撈些小魚，以及從市場上撿拾的魚頭、魚尾、雞皮，參雜著魚鱗、魚鰓一起煮湯，怕湯汁腐敗了，她就添加柴火，讓大鍋保持一定熱度，這樣日日夜夜熬煮，熬成一鍋黑不嚨咚的湯汁，因為看起很不乾淨，自稱是「奧糟湯」。

就著這鍋湯，有時配上一碗雜糧粥、一個窩窩頭，也就是熱呼呼的一餐了。遇到過年過節，討得一把麵粉，蒸個饅頭、包幾個餃子，或是下一碗麵條，添些採來的薺菜、蔥韭，更是香香美美的一頓了。

有一天晚上，因為戰亂逃離京城的皇帝，在江南煙雨彌漫的水道中迷了路。夜都黑了，只好靠岸休息，前不著村，後不著店，就只看到老老舊舊的一幢老屋。隨從敲了陳三姨的柴門，請求提供一些熱食給皇帝當晚餐。

陳三姨看對方像是有身分的人，家中又沒有什麼飯菜，非常為難。隨從央求說：「一碗湯麵也行！」陳三姨只好答應了，拿出家裡僅有的麵粉，擀了一些麵條，煮好之後澆上奧糟湯，撒上碎蔥花。隨從高高興興端到船上，讓皇帝用餐。

皇帝吃了這碗麵，覺得鮮美無比，讚不絕口，盛讚是人間美食，交代重賞老婆婆。戰事平息後，皇帝回到皇宮裡，對逃亡途中吃的那一碗麵非常懷念，囑咐御廚依樣畫葫蘆，但是皇帝總是不滿意，就派隨從到江南尋找河邊老婆婆，問問那碗麵是怎麼做的。陳三姨當然如實說了，獲得一筆賞金。

回到宮中，御廚照著隨從轉述的做法，熬了湯，下了麵。皇帝吃了一口，立刻吐了出來，生氣的說：「御廚三百，煮不出一碗能吃的麵嗎？就把老婆婆請到宮中來吧！」

宮中的人到了陳三姨的老屋，表達來意。她終於知道，那天晚上見到的是皇家的隨從，吃麵的竟然就是當今的皇帝。但是，陳三姨拒絕了，她說：「皇帝當天覺得好吃，是因為他餓了。宮中的皇帝美食無缺，就吃不出一碗湯麵的滋味了。」

傳家小語

德國的俗諺說：「飢餓是最好的廚師。」物資充裕的時候，容易挑嘴，只有餓了，才能體味到食物的香甜和美味。

故事傳承人

陳木城，兒童文學作家，歷任小學教師、主任、督學、校長，退休後從事生態、科技工作，曾任生態農場總經理、教育科技公司執行長。喜歡讀書寫作，創建新的事物，除了演講寫作，也擔任全球華文國際學校推動籌設等工作。

等候兔子來撞樹

林武憲
·改寫自古代寓言

有一個農夫住在山腳下，祖先留下來的田園，就在住家附近。他的田邊，有一棵樟樹，不遠處還有一片樹林。

一天黃昏，他在田裡除草，聽見「啪！」的一聲，看到一隻野兔從樹林衝過來，撞上大樟樹，昏過去了。他急忙丟下鋤頭，三步併兩步，抓起受傷流血的兔耳朵，說：「我運氣真不錯，沒費什麼力氣，就得到了一隻兔子，太好了。」說完就歡歡喜喜的回家，連鋤頭都忘了。

當天晚上，他們一家人吃了兔子肉，喝了兔子湯，有說有笑，吃得很高興。

第二天，農夫帶著棕色有一點黑斑的兔子皮到市集去，賣了一筆錢，買了很多日用品回家。

農夫心想，這附近野兔不少，有時候還會來偷吃豆苗、紅蘿蔔。如果每天能抓到一隻兔子，就不用頂著大太陽，滿身臭汗，辛苦種田了。

第三天一大早，農夫就去坐在大樹下，背靠著樹，兩手放在頭後面，右腳放在左腿上，一副很輕鬆的樣子。有人問他為什麼不工作，他微微笑，什麼話也沒說。

就這樣，農夫每天坐在大樹下，有時候兩手抱著膝蓋，悠哉等著兔子撞上來。

日子一天一天的過去，農夫眼巴巴的等啊等，雖然早晨、黃昏、細雨濛濛的時候，常會看到一溜煙似的野兔，卻沒有一隻兔子莽撞的向大樹衝過來。

農夫就這樣，天天從清晨等到傍晚，從初一等到三十，從春天等到夏天，始終等不到兔子來送禮物。

朋友勸他，太太說他，大家都說：「要怎麼收穫，就要怎麼栽，人不做，什麼都得不到，你還是死了心吧！」

有一天，農夫在大樹下想了又想，想了又想，終於決定還是回去種田吧。另外，還要養一條狗來追兔子、抓兔子，並且設陷阱、裝夾子。他不再守著大樹，不再死腦筋了，認真想法子，認真的動手做。果然，真的抓到了不少兔子。

傳家小語

農夫天天在樹下等著兔子來撞樹，他只想靠運氣，不想流汗付出，結果什麼都沒有等到。最後他終於明白：要動手動腦，才會有收穫；想要吃飯、吃肉，就得認真做。成果是靠大腦、雙手合作做出來的，不是等來的。

故事傳承人

林武憲，致力於詩歌創作、文學評論和語文教育研究。編著有《無限的天空》、《台語囝仔歌　月光夜市過新年》及國臺語教材等一百多冊，有些作品譯成英、日、韓、德、西班牙、土耳其文，有國內外作曲家譜曲；也編入臺灣、香港、新加坡、中國大陸的各級教材和《美洲華語》。

非洲猿人去打獵

陳昇群

．改寫自《人類的起源》

兩百萬年前的非洲大陸，少年猿人耶依，正抓著一塊石頭，用力敲擊另一塊石頭，石頭碎裂，不到百分之一的機會，其中一塊會出現極其銳利的邊緣，那就會成為他的武器或食器。

此刻耳畔傳來一陣吼叫，是催促他們集合的哨聲。

耶依剛學會製作石器，今天正要和幾個夥伴外出尋找食物，陪同他們的是族中最有經驗的長者囉呀。

當時的非洲有大片森林草原，食物多樣，但天敵也不少。

領頭的囉呀停下腳步，趴下來看著地面排列的凹坑，一個接一個，有次序的向前延伸。在耶依眼中，這些小凹坑沒什麼特別。

囉呀指著凹坑低聲吼著。他們沒有語言，用不同的聲音表達簡單的意思。接著，囉呀開始學某種動物走路的姿態，把手腳放進凹坑，一步一步走過去。耶依恍然大悟，那是動物留下的腳印，不是凹坑！

而且，囉呀還根據凹坑的樣貌，指出這隻動物的走向，牠就在前面的叢林裡。

耶依他們這批年輕的猿人，正在學習、觀察、探索身邊未知的事

物。

囉呀帶著他們追蹤這頭留下凹坑的動物，牠將成為大家的食物。

天空大團大團的烏雲湧來，囉呀停下腳步，這次他沒釋出任何訊息，只把腳步加快，往叢林奔去。

不久，大雨傾盆而下。他們躲在林下，耶依好奇的比起手勢，跟囉呀示意，剛剛的情況是下大雨的前奏？

囉呀開懷大笑，覺得這孩子跟他很像，自己從小就喜歡觀察，擁有好奇心，而耶依也是。

雨過天晴，他們繼續追蹤這頭動物的足跡，緊緊跟上。只是，落入眼前的是，「食物」躺在一頭劍齒虎

的利爪下。劍齒虎的靈敏嗅覺也已嗅出他們到來。

猿人的身材比現代人矮多了，而劍齒虎又比現今的老虎大了不只兩倍，根本是懸殊的對手！

囉呀還在評估情況，一臉遲疑。不想變成劍齒虎食物的其他猿人，也紛紛打算轉身逃跑。只有勇敢的耶依，不捨得放棄追蹤那麼久的食物。他細心察看四周，確定附近只有這頭劍齒虎，馬上示意大夥兒集結，分成三路，緩緩朝劍齒虎包圍過去，並高高舉著石斧、石矛，大聲呼喝。

因為耶依觀察過，劍齒虎只知道朝牠看得見的方位攻擊，當牠發覺敵人不只從前方來，而是腹背受敵，局面超出牠所能控制的時候，牠會毫不猶豫的捨棄獵物。

耶依的觀察和判斷沒錯，劍齒虎知難而退。耶依和同伴們，則為他們成功取得食物，發出了歡喜的叫聲。

兩百萬年後的今天，我們稱呼這群猿人為「能人」，是考古學家認定的人類始祖之一。

傳家小語

遠古時代，對人類始祖來說，世界充滿了不確定性。但我們的始祖擁有兩種特別的能力——好奇和觀察。藉由這兩種能力，使得原本弱小的「能人」，慢慢在演化上變得強勢。弱肉強食不是不能躲過，善於觀察總能化危轉安；而面對物競天擇的殘酷，強烈的好奇心會逐漸強化思考力與行動力。時至今日，這兩種能力依然在你我身上，不曾遺失。所以，請善用觀察力，常保好奇心。

故事傳承人

陳昇群，臺東大學兒童文學研究所畢業，擔任小學教師多年，聽故事、說故事，是日常生活的一部分。寫過且發表的作品涉獵很廣，包括少年小說、童話、散文，新詩，曾獲梁實秋文學獎、教育部文藝創作獎、時報文學獎、國語日報牧笛獎、好書大家讀年度最佳少年兒童讀物獎等多種獎項。

國家圖書館出版品預行編目 (CIP) 資料

100 個傳家故事 : 海底城市 / 施養慧等合著 ;
KIDISLAND 兒童島繪 . -- 初版 . -- 新北市 : 字
畝文化出版 : 遠足文化發行 , 2019.07
面 ; 公分
ISBN 978-957-8423-94-7(平裝)
863.59 108009622

Story 017

100個傳家故事 海底城市

作者｜施養慧、林玫伶、傅林統、黃文輝、鄭丞鈞
夏婉雲、鄒敦怜、王洛夫、許榮哲等 合著
繪者｜KIDISLAND兒童島

社長兼總編輯｜馮季眉
副總編輯｜吳令葳
責任編輯｜洪 絹
封面設計｜蕭雅慧
內頁設計｜張簡至真

出版｜字畝文化
發行｜遠足文化事業股份有限公司
地址：231 新北市新店區民權路 108-2 號 9 樓
電話：(02) 2218-1417 傳真：(02) 8667-1065
電子信箱：service@bookrep.com.tw
網址：www.bookrep.com.tw
郵撥帳號：19504465 遠足文化事業股份有限公司
客服專線：0800-221-029

讀書共和國出版集團
社長｜郭重興
發行人兼出版總監｜曾大福
印務經理｜黃禮賢
印務｜李孟儒

法律顧問｜華洋法律事務所 蘇文生律師
印製｜中原造像股份有限公司

2019 年 7 月 10 日 初版一刷 定價：320 元
ISBN 978-957-8423-94-7 書號：XBSY0017